REPORTAGENS DA VIDA

Solicite nosso catálogo completo, com mais de 300 títulos, onde você encontra as melhores opções do bom livro espírita: literatura infantojuvenil, contos, obras biográficas e de autoajuda, mensagens espirituais, romances palpitantes, estudos doutrinários, obras básicas de Allan Kardec, e mais os esclarecedores cursos e estudos para aplicação no centro espírita – iniciação, mediunidade, reuniões mediúnicas, oratória, desobsessão, fluidos e passes.

E caso não encontre os nossos livros na livraria de sua preferência, solicite o endereço de nosso distribuidor mais próximo de você.

Edição e distribuição

EDITORA EME

Caixa Postal 1820 – CEP 13360-000 – Capivari – SP

Telefones: (19) 3491-7000/3491-5449

vendas@editoraeme.com.br – www.editoraeme.com.br

JÚLIO CEZAR GRANDI RIBEIRO

REPORTAGENS DA VIDA

pelo espírito O REPÓRTER

Capivari-SP
— 2011 —

© 2011 Júlio Cezar Grandi Ribeiro
Espírito O Repórter

Os direitos autorais deste livro são de exclusividade do autor.

A Editora EME mantém o Centro Espírita "Mensagem de Esperança",
colabora na manutenção da Comunidade Psicossomática Nova Consciência
(clínica para tratamento da dependência química), e patrocina,
junto com outras empresas, a Central de Educação e Atendimento da
Criança (Casa da Criança), em Capivari-SP.

1ª edição – abril / 2011 – 3.000 exemplares

Capa:
André Stenico

Diagramação e arte:
Editora EME

Revisão:
Editora EME

Nova Ortografia:
Revisado de acordo com o
Novo Acordo Ortográfico da Língua Portuguesa

Ficha catalográfica elaborada na editora

Ribeiro, Júlio Cezar Grandi. (1935 - 1999) – Espírito O Repórter.

Reportagens da vida, Júlio Cezar Grandi Ribeiro / Espírito
O Repórter. 1ª edição, abril/2011, Editora EME, Capivari-SP.

208 p.

1 – Literatura espírita. Mediunidade.

2 – Crônicas espíritas. Lições da espiritualidade.

CDD 133.9

Sumário

Prefácio 7

I - Obreiros do Senhor
   01 - Reportagem 13
   02 - Lição ao vivo 17
   03 - O sonho 23
   04 - O grande apóstolo 27
   05 - Um batalhador de fato 31
   06 - O remédio eficaz 37
   07 - O velho Ovídio 41

II - A educação dos filhos
   08 - A omissão 47
   09 - Percalços da invigilância 53
   10 - Um caso para pensar 59
   11 - Mais perto do que julgamos 65

III - Conduta espírita
   12 - Inesquecível lição 73

13 - O espírita descuidado 79
14 - Pastilhas de saúde 83
15 - O passeio 87
16 - Aprendizado no grupo 91
17 - A promessa 97
18 - Censura livre 103
19 - No reinado de momo 107
20 - Cena da vida 113
21 - O precioso ensino 117

IV - Reencarnação e Justiça Divina
22 - Saldando débitos 123
23 - Tragédias e resgates 127
24 - "Ana Célia" 131
25 - Um caso sério 137

V - Espiritismo e mediunidade
26 - O melhor caminho! 143
27 - O médium perfeito 147
28 - Mas, é inacreditável! 151
29 - Aprendizado oportuno 155
30 - Lições no grupo 161
31 - Mediunidade em auxílio 165
32 - O pouso forçado 171

VI - Temas diversos
33 - A propósito da copa do mundo de futebol 179
34 - Providência nas sombras 185
35 - A quermesse 189
36 - A vaquinha do santo 195
37 - Festa de aniversário 199
38 - De um arquivo espiritual 203

PREFÁCIO

JULINHO ESTÁ de volta ao nosso convívio através da sua conhecida mediunidade. É assim que me sinto, ao percorrer, em primeira mão, essas páginas abençoadas, ditadas por aquele que se assina *O Repórter*, Espírito querido por todos nós, tão afeito às reportagens de além-túmulo...

Nelas encontrarão consolo e orientação, tanto o pai aflito, quanto o jovem perdido no cipoal das facilidades do mundo moderno. Dirigentes espíritas descobrirão respostas a problemas inerentes a sua função e estudiosos da Doutrina dos Espíritos reforçarão conhecimentos adquiridos, sabendo reconhecer, ao longo da obra, pontos importantes trazidos pelo Codificador.

Mas é, certamente, para o nosso coração de tarefeiro espírita que *O Repórter* se volta nestas páginas. Conhecedor profundo do dia a dia da Casa Espírita, aconselha-nos de forma leve e suave. Em lugar de admoestações, apenas casos. Lendo-os, porém, nossa atenção se concentra. O coração bate mais forte. Quem é essa irmã que, esquecida dos preceitos de Jesus, tece críticas aos lidadores de outro credo? Quem é aquele outro que passou a vida protelando a assunção do trabalho no bem? Quem é, afinal, o Belmiro, o Benedito, o Augusto, senão nós mesmos?

Sim, mediante o exemplo e coerente com as atuais correntes psicológicas sobre aprendizagem, o autor espiritual situa-se inicialmente no contexto que nos é familiar, envolve-nos emocionalmente e, só então, ministra a lição necessária. E ainda assim, o faz por meio de um processo habilmente elaborado: leva-nos a tirar as conclusões, aplicando-as a nós próprios.

Assim, médiuns recebem das suas mãos carinhosas o alerta, mas também o estímulo. Dúvidas quanto à autenticidade das mensagens, cumprimento de normas necessárias ao bom andamento do serviço de intercâmbio com os desencarnados ou a forma como devem tratar irmãos desencarnados desequilibrados são esclarecidas de maneira inequívoca.

Completando esses ensinamentos, a organizadora do livro – Leny Marilda Bastos de Carvalho – acrescentou, ao final de cada mensagem, informações que permitem ao leitor se aprofundar nos estudos das obras básicas de Allan Kardec. Constam de explicitação do enfoquecentral de cada uma delas, seguida de indicação de onde encontrá-lo, tanto em *O Livro dos Espíritos*, quanto em *O Evangelho segundo o Espiritismo*.

Julinho de volta... Ele, que nos contagiou com seu entusiasmo pela Doutrina; que nos fez abraçar a causa da evangelização e que, pelas vias do coração, nunca esteve longe de nós, agora retorna mediante o resgate dessa coletânea de psicografias recebidas durante décadas de intercâmbio mediúnico.

Além de termos sido conterrâneos, laços familiares nos uniram por toda uma vida. No curso de Mestrado em

Fale conosco!!!

Queremos saber sua opinião sobre o livro: _____

(favor mencionar o nome do livro)

Receba em seu endereço, gratuitamente, a Revista de Livros EME, o Jornal Leitor EME, prospectos, notícias dos lançamentos e marca-páginas com mensagens, preenchendo o formulário abaixo e mandando-nos através de:

Carta: Cx. Postal, 1820 - 13360-000 - Capivari-SP
Fone/fax: (19) 3491-7000 / 3491-5449,
E-mail: atendimento@editoraeme.com.br ▫ **_Site:_** www.editoraeme.com.br

NOME:_____

ENDEREÇO:_____

CIDADE/EST./CEP:_____

FONE/FAX:_____

E-MAIL:_____

Educação da Universidade Federal Fluminense, tivemos a alegria de com ele permutar os papéis de orientadora e aprendiz. E é como aprendiz do evangelho que apresentamos essas *reportagens da vida*: páginas de estímulo à superação das nossas imperfeições.

Muita paz!

Niterói (RJ), 12 de dezembro de 2009.

Lucia Maria Moraes Moysés

I
OBREIROS DO SENHOR

Reportagem

BEZERRA DE Menezes mostrava-se introspectivo e meditativo.

Isolava-se à noite, quando a família se recolhia para o repouso natural, entregando-se à leitura e meditação profundas.

Sofrido, muito sofrido, o trânsito da vida, as conquistas do próprio coração, a perda de familiares queridos, abriram-lhe, nos terrenos da alma, sulcos benéficos, onde as sementes da crença viva, aí deitadas, encontraram o ambiente propício à germinação abençoada.

O amigo Travassos ofertara-lhe o volume precioso que lhe aclarara raciocínios da fé.

O ânimo se lhe alterara uma vez mais para as ardorosas tarefas do coração.

Reconhecera na Doutrina Espírita a consoladora presença de Jesus.

Confortara-se e pacificara-se na crença renovada.

Interessava-se por leituras congêneres.

Após *O Livro dos Espíritos*, mandara vir os outros volumes já publicados no velho mundo.

Não tinha dificuldades no trato com o francês. Interessava-se por novos originais de boa leitura.

Nada se lhe acenava com sabor de novidade. Absorvia conteúdos como quem revia conhecimentos já adquiridos.

Seu relacionamento com os semelhantes se tornava cada vez mais cristão.

A vida política lhe faculta maior integração com os populares.

Homem de vida pública, conscientiza-se do imperativo das boas obras em favor de todos.

Impacienta-se na fé. Quer ampliar junto a todos as mensagens do Cristianismo Redivivo.

Reconhece-se espírita, num tempo de inequívocas perseguições religiosas.

Deseja evidenciar-se como tal, mas os amigos mais íntimos advertem-no com ponderações:

— Seria bom afrontar o clero dominante num país oficialmente católico?

— Seria prudente mostrar-se adepto das novas ideias egressas da Europa, num tempo de tantas transições e novidades científicas?

— Os companheiros de partido suportariam-lhe as novas pregações com o perigo de perda de prestígio junto às camadas religiosas?

— Não seria apenas um momento de arroubo emotivo, ante as adversidades do destino?

Bezerra meditava e meditava.

Entregava-se a estudos de profundidade, defrontando-se com Jesus na excelência de seus ensinos a cada momento de reflexão.

O coração lhe oferece arrebatamentos da fé, enquanto a razão se lhe engrandece na confiança em Deus.

As intenções de confessar-se publicamente adepto das

novas verdades reveladas pela Doutrina Espírita são espicaçadas por sugestões inúmeras dos que lhe temiam a perda do prestígio político e o bom convívio social.

Decide-se por fim.

Prepara página a página um discurso consciente.

O assédio dos amigos, aparentemente bem intencionados, se faz mais intenso.

Certa manhã ensolarada, caminha preocupado pela calçada quase vazia de transeuntes, quando se depara com um mendigo de mãos súplices:

— Um auxílio, por amor a Jesus! – a voz quase sussurrante chega-lhe ao coração.

Estanca o passo. Examina o enfermo. Dirige-lhe palavras de paz e confiança em Deus, enquanto reúne algumas cédulas para a dádiva caritativa.

— Não tenho muito, meu amigo, mas isto lhe resolverá a alimentação por alguns dias. Pressinto que seu problema é mais alimentar que propriamente clínico.

O olhar lúcido e brilhante em meio às olheiras do semblante quase caquético, cativou-lhe o íntimo.

Ajuntava mais alguns níqueis à esmola fraterna, quando ouviu com nitidez dos lábios do esmoler:

— O melhor alimento para nossa fome espiritual não é o pão para o corpo, mas a verdade para o espírito.

Surpreso, passou àquelas mãos engelhadas a espórtula gentil e deu alguns passos, refletindo se ouviu ou não ouviu do enfermo desconhecido a consideração em seu íntimo.

Parou de chofre, e voltou-se na intenção de indagar algo mais, contudo, para surpresa sua não havia ninguém à retaguarda. A calçada vazia e a rua quase deserta nas horas mansas de manhã calma.

Agitou-se-lhe o coração.

Tentou prosseguir, mas não teve como.

O coração saltava-lhe em emoção forte. Sim, é verdade. A verdade plena e soberana. Em Jesus toda a verdade.

Não tinha mais dúvidas, recordou-se de outros eventos em sua vida. O auxílio do aprendiz que lhe pagou aulas adiantadamente e nunca mais o procurou... Sim, a vigilância dos céus norteava-lhe os passos. Retornou à casa, aquietou-se em prece no escritório diminuto. Buscou livros e naquela mesma semana, no auditório da Guarda Nacional, superlotado de amigos e curiosos, quase de improviso, num momento histórico de sua vida, declarou-se espírita convicto. E daí partiu para seus compromissos espirituais, selado muito antes daquela encarnação, devotando-se à verdade e à luz, à caridade e ao amor, vivenciando de tal forma a Doutrina Espírita que hoje, não sem méritos e sem motivos, todos nós, da comunidade espírita, encarnados e desencarnados, lhe reverenciamos a memória, com o merecido aposto de Kardec Brasileiro.

Indicações para estudo
Enfoque: Os testemunhos da fé.
LE – perg. 842.
ESE – Cap. XIX, item 11.

LIÇÃO AO VIVO

COMENTÁVAMOS, NUM grupo íntimo, as lembranças dos companheiros espíritas na Pátria do Evangelho, organizando reuniões de preces de carinho ao nosso venerável amigo Bezerra de Menezes.

Éramos cinco companheiros, já veteranos no plano espiritual, e que trazíamos, de certa forma, vínculos de respeitosa gratidão e amizade ao conhecido Kardec Brasileiro, conforme o cognominaram no Movimento Espírita do Brasil.

Lembranças carinhosas vieram à tona. Comentários simples, desataviados, recordando alguns fatos com registros em nossas tradições espirituais, alguns deles talvez já apagados ou desconhecidos mesmo das recordações dos companheiros encarnados.

Ocupávamos algumas cadeiras no salão amplo do vetusto casarão da FEB, enquanto aguardávamos a saída da equipe socorrista na qual cooperávamos.

Foi quando o velho Richard acrescentou:

— Nosso Bezerra teve lances surpreendentes em sua

18 | JÚLIO CEZAR GRANDI RIBEIRO / O REPÓRTER

vida de amor. Lembro-me de que, certa feita, abordado à subida das escadas de nossa Casa Máter, atendeu a pobre mulher do povo que pedia uma receita de urgência.

Estávamos a poucos instantes de reunião importante da Instituição, mas, ainda assim, o médico atencioso e cristão antecipou-se ao espírita assíduo, cuidando de atender ao pedido súplice da indigente desconhecida.

A receita deslizou das suas para as mãos descarnadas da mulher em desespero, que quase sem dar tempo de explicações detalhadas, ganhou a rua movimentada, esgueirando-se entre os transeuntes.

Pois bem, tempo decorrido, concluída a tarefa da Casa, despedimo-nos os irmãos presentes, enquanto nosso querido amigo caminhou em direção ao Largo da Carioca. Iria visitar velho amigo enfermo.

Para sua surpresa, quando atravessava a rua, calmamente, meditando talvez nas responsabilidades do Movimento Espírita, seus olhos descobrem, a um canto da calçada, aquela mesma enferma que lhe solicitara ajuda momentos antes.

A troca de olhares se fez rápida e significativa. Sem perda de tempo, aproximou-se o médico solícito, falando com bondade:

— Então, filha? Que faz por estas bandas?

E, enquanto pousava a destra sobre os ombros descarnados da pobre mulher, percebeu-lhe os olhos enevoados de pranto, na cabeça que pendia emocionada para o chão.

— Que é isto? Nada de timidez, filha. Conseguiu o remedinho?

Com voz trêmula e quase sumida, a enferma mostrou-lhe a um canto alguns jornais e papéis, amontoados, ao mesmo tempo em que espalmava uma pratinha de duzentos réis.

— Seu doutor, estou ajuntando papéis pra vender ali adiante e conseguir o restante para comprar o meu remédio.

Bezerra, emocionado, bateu forte nos bolsos do paletó, da calça e no bolsinho do colete sem encontrar nada. Abriu velha carteira de couro e nenhuma nota... Somente documentos, alguns papéis e anotações. Sem se deixar abater, acrescentou calmo:

— É filha, não tenho nada aqui para cooperar de imediato. Mas vamos em frente. Tenho alguns amigos ali na Ouvidor, que podem comprar nossos papéis.

E abaixando-se, sob o olhar espantadíssimo da pobre enferma, sobraçou tudo como pôde e saíram os dois em direção à movimentada rua do centro carioca.

E no trânsito pedia aqui e ali mais alguns jornais que possibilitassem seu desiderato.

Na rua mais tumultuada, em dado instante, é interpelado por um velho conhecido seu, aliás antigo rival da política, de tempos passados, que lhe reconheceu, prontamente, os valores morais.

— Meu caro doutor – foi falando altivo, na voz bem posta, o valoroso Haddock Lobo, ao mesmo tempo em que Bezerra estancava o passo surpreso: – O que traz o nosso doutor por estas bandas? – E relanceou o olhar na senhora de aparência tão rota e no Bezerra, abraçando amarrados de papéis.

Com voz mansa, sem subterfúgios, Bezerra esclareceu a necessidade de vender adiante, em antiga casa de imagens, papel velho para embalagem cujo resultado seria transformado em medicamento para a irmã ao lado.

Imediatamente, Haddock Lobo abre a carteira, solícito, retira algumas notas, acrescentando:

— Pronto, aqui temos uma ajuda para a enferma, pode fazer bom uso dela.

Com palavras de agradecimento, Bezerra se despede tomando a direção do trânsito, quando o amigo lhe pergunta:

— Mas precisas ir adiante? O que ofereço não é bastante? Deixe o fardo aqui mesmo, que não faltará quem o requisite dentro em pouco. E que a doente adquira a medicação na farmácia próxima.

Bezerra, com um sorriso, agradeceu prontamente, esclarecendo:

— Sim, meu caro, sua contribuição é valiosa e oportuna, porém, não posso deixar de dar, também, a minha.

E saiu, calmamente, em direção à casa comercial, que lhe comprou os jornais, transformando papéis velhos em dinheiro vivo na mão da enferma emocionada.

Todos ouvimos a narrativa do velho Pedro Richard com emoção natural, quando o amigo Guillon, líder tão conhecido do Movimento Federativo, comentou com bom humor:

— É, ainda temos muito a aprender com nosso Médico dos Pobres. Imaginem que fiquei sabendo, não faz muito, de que mesmo em seu período de dificuldades, no fim da existência carnal, quando amigos e companheiros visitavam-no, deixando, sob o travesseiro, algum auxílio para as despesas do lar, certa manhã, adentra-lhe a residência um homem de meia-idade, desejando abeirar-se de seu leito a todo custo. Tentavam impedi-lo, quando Bezerra, percebendo o movimento, lá de seu quarto, sentenciou:

— Deixem-no entrar. Estou bem, estou bem.

E ali mesmo, recostado no leito, ouviu em lágrimas o homem que, de joelhos, após oscular-lhe a mão, foi falando com voz entrecortada pelo pranto:

— Doutor, doutor, lembra-se de mim? O senhor salvou-me do suicídio. Eu estava desesperado, doente, sem forças para trabalhar; minha família com fome e o senhor deu-me tão bons conselhos, que eu, graças a Deus, resisti, e hoje estou aqui. Entretanto, venho passando por momentos duros. Sinto-me mais ou menos bem e não consigo trabalhar. Faz dias que não ganho um níquel qualquer para levar o pão para a família. Falta-me o emprego. O senhor salvou-me para que a vida me matasse de fome.

E soluçando alto:

— Ajude-me! Acode-me!

Bezerra, chorando também, pegou da caneta, trêmulo, endereçou um bilhete a velho amigo, osculando o papel após apor-lhe sua assinatura e confiantemente orientou-o:

— Vá, filho. Aí neste endereço você encontrará o emprego que precisa.

E roçando as mãos sob o travesseiro, recolheu tudo quanto encontrou, doando ao pobre homem para alimentar sua prole.

E segundo consta, acrescentou Guillon, este mesmo homem que permaneceu no serviço até vir a falecer, muitos anos depois, compareceu ao sepultamento de Bezerra, em lágrimas, ajudando a conduzir-lhe o corpo, no esquife, à última morada.

Calávamos na emoção natural, de narrativa em narrativa, com lembranças de velhos amigos do Movimento, quando um vulto luminoso adentrou o recinto. Era o próprio Bezerra, que chegava para as tarefas socorristas.

Antes que alguns dos nossos pudesse dizer qualquer coisa, ele próprio foi comentando:

— Pois vejam, amigos, os companheiros da Terra recordam meus 150 anos. Se ainda estivesse encarnado, quantas décadas a mais de erros e desacertos estaria acrescentando à minha consciência. Felizmente, o Pai chamou-me em tempo para o lado de cá, ensinando-me que as horas precisam ser valorizadas em nosso proveito próprio, com muita coisa a fazer-se por nossos semelhantes. Vamos agir, não é mesmo? A dor no mundo não pode ficar aguardando...

Indicações para estudo
Enfoque: A verdadeira caridade.
LE – perg. 888a.
ESE – Cap. XIII item 13.

O SONHO

O PEQUENO Adolpho recolhera-se mais cedo para o repouso noturno.
Noite calma, céu sereno, luar por entre o tapete de estrelas beijava a Terra no repouso do dia, visitando os mais recônditos recantos.
Uma nesga de luar clareia os aposentos do pequeno Adolpho, batendo em cheio sobre seu corpo franzino e iluminando-lhe a cabecinha, envolta em sonhos da meninice, ante a janela escancarada que exibia um cenário de paz para o aposento discreto e acolhedor.
O pequeno Bezerra analisava o fulgor das estrelinhas.
Aquela estrela azulzinha tão longe..., aquela mais alaranjada além..., aquela outra mais brilhante, branquinha, branquinha...
Era como quem contasse estrelas aguardando o sono reparador.
Enquanto isto, a família reunida em outro aposento do lar, ocupava-se na habitual conversação sobre polí-

tica e governo, necessidades do povo e ação das lideranças governamentais.

Sem se dar conta dos assuntos que lhe adentravam o quarto, como murmúrio confuso, Adolpho deixou-se prender naquela estrela longe, além, que piscava, piscava.

De repente teve a nítida impressão que em meio a cintilações mais fortes, a estrela desprendera-se dos céus em sua direção, faiscando, faiscando.

E crescia e crescia, como se viesse do infinito em trajetória fulgurante, buscando-lhe a casa paterna.

E oh! surpresa das surpresas!... Enorme e refulgente tela agigantada de panorama caleidoscópico, qual se força indomável de estranho ímã agisse de súbito, atraía o pequeno, entre temeroso e surpreso, para dentro daquele mundo de luz.

Como se penetrasse estranhos cenários além, reviu rostos que conhecia sem saber de onde e recebeu carícias de mãos que conhecia sem saber por quê.

Ouviu vozes celestiais naquela assembleia súbita e registrou no âmago do coração, com fortes lampejos de emoção:

— Adolpho, filho amado, apresta-te na devoção a Jesus, para assegurar teus passos na faina missionária. Serás sacerdote devotado ao Bem e ao amparo humano. Amargas serão as lutas que te nobilitarão para o serviço maior.

— Serei padre? – balbuciou o pequeno, sem esconder a emoção da surpresa.

— Não, filho, o sacerdócio da Medicina ensejar-te-á a presença nos lares aflitos, levando o consolo e o amparo de teu coração. E mais, esposarás a luz para o consórcio com novas tarefas ante a verdade e a paz nos caminhos humanos. A caridade ser-te-á bandeira. O estudo abrir-te-á o percurso em novas estradas do jornadear terrestre. E o trabalho afanoso e fecundo ser-te-á apanágio de vitórias essenciais nos caminhos para os cimos infinitos.

Teria indagado mais ainda, entre curioso e feliz, naquele cenário amplo em euforia de luzes, se a velha babá, antiga servidora da casa, não lhe penetrasse os aposentos, com voz meio rouca, porém amiga:

— Meu menino, meu querido Adolpho, vamos tomar o chazinho que lhe preparei.

Ainda meio tonto, o pequeno se defrontou com a chávena, entre fumaças, sobre a bandeja adornada com pano muito alvo, entrecortado de rendilhas bem à moda das fiandeiras do Ceará.

— Dinha, querida, estava com visitas importantes aqui!

— Quê?! Deixa disso, meu filho!

— A senhora não viu os visitantes lá dentro da estrelinha?

— Não, filho, não vi nada, você sonhava um sonho bonito, talvez.

O menino nada falou nem redarguiu. Silenciou obediente, sorvendo o conteúdo ternamente oferecido por aquele coração familiar.

Entretanto, quarenta e nove anos depois, o sonho se fazia realidade, trazendo para os cenários do Espiritismo Brasileiro o devotamento e a presença do inolvidável servidor do Bem, Adolpho Bezerra de Menezes, que companheiros de Doutrina Espírita chamaram, em merecida hora, de Kardec Brasileiro.

Indicações para estudo
Enfoque: Os avisos dos Espíritos.
LE – perg. 524.
ESE – Cap. XI item 13.

04

O GRANDE APÓSTOLO

CONTAM AS tradições de nosso plano que, em se fazendo presente junto ao líder do Espiritismo na cidade de *Tour*, Madame *Boeffe*, com grosseira encenação de censura, principiou altercando:

— Velho insolente e visionário, como ousas intervir junto às minhas criadas fomentando-lhes ideias perniciosas? – E prodigalizando mais insultos, concluiu: – Não sei quem te amplia as forças já decrépitas, permitindo-te tantos desatinos nas pregações falsas.

Sr. Denis, levantando as vistas calmas, respondeu, tão-somente:

— Deus, minha filha, vem do Pai toda esta força e inspiração.

— Ridícula pretensão, vociferou a Madame encolerizada, ajeitando ao colo o *bois* de plumas douradas. Blasfêmia pura. Sei que o demônio te assessora nos serviços das práticas inconfessáveis. Sei dos estertores que provocas na assistência para depois, com amparo do mesmo *demo*, apascentares os ouvintes. Quem te garante este êxito sempre?

Denis, sem se agitar, nem se intimidar, respondeu com firmeza:

— Jesus. Jesus nos envia seus benfeitores para os serviços da caridade espiritual.

— Caridade? – gargalhou madame, com acento de demência. – Qual o quê? Imagino que recolhes às ocultas as dádivas da inconsequência popular. Quanto dinheiro amealharás da gentalha espúria, que te segue as pregações.

Denis sorriu ao tempo em que foi atender a campainha da porta, rogando escusas a madame.

Em voz alta o mensageiro que adentrava o recinto foi esclarecendo:

— Senhor, eis aqui o recibo da quantia generosa advinda de seus livros, em favor de nossa Instituição beneficente. Tivemos pão, lume e agasalho para este próximo inverno.

León Denis sorriu e meneou a cabeça, com intenção de se voltar para a interlocutora, esclarecendo-lhe que jamais recebeu, nem mesmo de seus livros, qualquer importância, significando remuneração.

Madame *Boeffe* tudo observou estarrecida. Num ímpeto de cólera e ruborizada ao máximo, deixou a sala com empáfia, ganhando a varanda e desaparecendo na rua movimentada de *Tour*.

Passado algum tempo, emissários do povo vieram pedir auxílio em forma de assistência espiritual para mulher obsidiada, da alta classe da cidade. Denis atendeu. Outra não era senão madame *Boeffe*, que auxiliada e reconfortada, curada e restabelecida, fez-se, tempos depois, uma das espiritistas mais convictas e colaboradoras das mais significativas para a publicação dos livros de autoria do Grande Apóstolo da Doutrina Espírita.

Indicações para estudo
Enfoque: A força do exemplo.
LE – perg. 886.
ESE – Cap. X, item 18.

Um batalhador de fato

NO ÚLTIMO quartel do século passado, as comunidades terrestres viviam as crises oriundas das transformações na sociedade.

Com o Brasil não poderia ser diferente, entendendo-se que a nação jovem experimentava natural posicionamento de avanço ante influências e forças coercitivas dos países mais velhos, mais adiantados.

O Velho Mundo exportava para a pátria de Pindorama conhecimentos, informações, ideias renovadas, ciência e saber, através dos descendentes nobres, mais aquinhoados com os cifrões, que iam incursionar pelas escolas da França.

As campanhas abolicionistas ganhavam terreno.

A filosofia de Comte dominava os salões da cultura nos centros mais devotados ao saber, da Bahia a São Paulo, de Pernambuco ao Rio de Janeiro.

Agitava-se a sociedade com a turbulência do pensamento evolucionista.

É justamente nessa fase de convulsão social e de inquietação religiosa, quando a Igreja já se mostrava impotente para solucionar alguns problemas graves das comunidades vigentes, que as ideias espiritistas alcançam o Brasil...

Na Bahia, Telles de Menezes tentara a divulgação da Doutrina, publicando o *Ecco d'Além Túmulo*, de vida lamentavelmente muito breve.

Exatamente nesse tempo, um fotógrafo egresso de Portugal, simples, mas valoroso, humilde, porém dedicado, integrando a Sociedade Acadêmica Deus, Cristo e Caridade, num instante de inspiração, sente a importância da vulgarização dos ensinos consoladores da Doutrina Espírita.

Inspirado por mensageiros e cooperadores de Ismael, abraça tenazmente a ideia de criar um periódico para o Movimento Espírita. Trataria, em suas páginas, de assuntos da maior relevância para a sociedade de então. Publicaria textos traduzidos das obras básicas, defenderia o princípio da liberdade e evolução. Disseminaria os preceitos morais do Cristo, falaria do Bem e da Verdade.

Planeja e dinamiza. Ao seu lado a esposa Mathilde e a sogra Balbina trazem o apoio decidido, reforçando-lhe o moral.

Com Ewerton Quadros não regateia esforços. E dentro em breve, circula, a 21 de janeiro de 1883, o primeiro número de *Reformador*, o jornal que circulou quinzenalmente, a princípio, e que hoje se transformou na Revista de Espiritismo-Cristão, publicada mensalmente pela Federação Espírita Brasileira.

Rezam, nas tradições espirituais, os fatos que aqui transcrevemos à guisa de aprendizado.

A crise social recrudescia.

Os escravocratas faziam campanhas acirradas.

O Imperador, de coração sofrido, já antevia os momentos grandiosos da Lei Áurea de 88.

Vozes inflamadas agitavam a crise política. Poetas exaltados enxameavam os saraus sociais com sua mensagem de liberdade.

— *Deus, oh, Deus! onde estás que não respondes! Em que mundo, em que estrela Tu te escondes...* – bradava Castro Alves, em nome dos negros escravizados.

As dificuldades da Corte entremostravam crise imediata. Perseguições religiosas entreteciam-se nas caladas da noite. Intimorato, Elias da Silva mantinha, quase que às próprias expensas, o jornal *Reformador*.

Ewerton Quadros dirigia, mas o fotógrafo garantia o numerário, algumas vezes suportando dificuldades no lar. Em meio às crises, certa feita, Elias da Silva, de ânimo sofrido, visado espiritualmente pelos inimigos da luz, sofria indizível inquietação:

— Seria justo manter-se as despesas da publicação ou seria melhor transformar em pão e assistência à pobreza, os cifrões que canalizava para o jornal?

Experimentava insônias prolongadas. Pensava nos destinos da Federação Espírita Brasileira, criada em janeiro de 1884. Seria bom sustentar o ideal? Não haveria nisso uma ostentação do amor-próprio e de vaidade?

Sentindo-se minado, reuniu, sigilosamente, o confrade Ewerton Quadros, o irmão Fonseca, o companheiro Gama e, ao lado da sogra Balbina e da esposa Mathilde, expõe suas preocupações e intranquilidades.

Todos são unânimes em recordar os méritos da divulgação. A sogra oferece algumas joias, se necessário. A esposa valorosa se predispõe a mais renúncias no lar, objetivando economias para a publicação planejada.

Elias a tudo escutava comovidamente. Sopesava os argumentos com a razão aclarada pela fé. Estaria de fato canalizando convenientemente os recursos materiais que granjeava?

Recolhera, de certos trechos urbanos, jornais lançados à lama, páginas rasgadas a esmo, algumas mesmo servindo de papéis de embrulho para vendas e açougues. Refletia nos gastos, embora não temesse os azorragues de críticas e perseguições. A conversa ganhava os altos níveis das ponderações judiciosas.

Os companheiros presentes e o próprio Elias guardavam na voz a inflexão de prece, como se buscassem do Alto novas inspirações. Por certo, que o estímulo dos Espíritos Amigos prosseguia nas reuniões da Sociedade Acadêmica Deus, Cristo e Caridade, depois metamorfoseada em FEB. Mas, perscrutava Elias: deveria de fato persistir? O trabalho seria aquele? O momento seria aquele? Tanta crise e desentendimento nas comunidades espíritas... Médicos humanitários tirando do que não possuíam para atender enfermos. E tão elevados os gastos de tipografia! Tão difícil o papel para a tiragem do *Reformador!*...

O diálogo amigo prosseguia em clima de fraternidade e introspecção, quando alguém bate forte na porta do prédio n° 120 da Rua da Carioca.

D. Mathilde apresta-se para atender. O grupo suspende a conversação, como que intentando registrar o que seria. As pancadas à porta eram rápidas, fortes, aflitas. Ouve-se o barulho da chave. A esposa diligente fala alguma coisa. Voz aflita de mulher se faz notar. Desejava conhecer o fotógrafo português. Queria falar-lhe. Necessitava falar-lhe. A voz é entrecortada de soluços.

D. Mathilde conduz a visitante para a sala íntima. É uma jovem mulher do povo, desgrenhada, abatida, evidenciando sofrimento.

Augusto Elias levanta-se ao ouvir pronunciar seu nome. Não seria difícil identificá-lo pelo sotaque na voz.

A mulher, sem importar-se com os circunstantes, arroja-se no tapete surrado, ante aquele homem de olhos serenos.

Chora abraçada às suas pernas, deixando-o desconcertado.

– Oh, Deus meu! Perdoai-me e abençoai este homem.

E entre soluços vai repetindo: – Senhor, por Deus, acabais de libertar-me das malhas da morte.

A surpresa é geral. O inusitado domina a cena. Elias da Silva emociona-se e nada fala.

– Acabais de livrar-me da morte. Caminhava para o suicídio, inda há pouco. Ia jogar-me na maré. Não podia suportar a carga pesada nos ombros. Tenho mãe velhinha e aguardo um filho do homem que me abandonou por outra. Na murada da praia, quando já tentava saltar para as pedras sobre as águas, o vento forte jogou-me página de jornal amassada e suja, que alguém lançara a esmo. Tentei libertar-me do papel imundo, mas não foi fácil. Parecia que o vento o prendia a mim. Segurei-o forte, amassando uma das pontas, livrando o rosto do inoportuno anteparo, quando dei com um título: *O suicídio*. Li com sofreguidão todo o seu conteúdo. Sentei-me nas pedras, li mais algumas notas. Por fim li tudo o que me foi possível até decidir fugir do local odiento. Deliberei, por mim, sob forte emoção: lutaria pela vida. Existia um Deus, havia a sobrevivência, os argumentos foram fortes... Meu Deus! Demandei o caminho de casa, querendo chegar aqui à redação do jornal. Precisava falar com alguém. Disseram-me que o Seu Augusto Elias da Silva poderia falar-me mais do Espiritismo. Desejo saber mais, muito mais...

Enquanto o soluço mais forte paralisa a voz da visitante, numa pausa razoável, Elias contempla os circunstantes estupefatos e, resoluto, proclama, ao mesmo tempo em que, num gesto, entrega a pobre irmã aos cuidados maternais de D. Mathilde e de sua sogra:

– É, companheiros, não importa a crise. Se o jornal

36 | JÚLIO CEZAR GRANDI RIBEIRO / O REPÓRTER

consegue salvar a vida de alguém merece, efetivamente, prosseguir.

E conta-se que a partir de então jamais tornou a pensar em paralisação, chegando as raias do sacrifício pessoal para mantê-lo.

Hoje*, ao contemplarmos *Reformador* centenário, louvamos o punhado de confrades valorosos que souberam testemunhar a fé na manutenção de um ideal.

Indicações para estudo
Enfoque: O sacrifício pessoal na obra do bem.
A propagação do Espiritismo.
LE – pergs. 798 e 800.
ESE – Cap. VI, item 6.

---

* Página psicografada em 31.01.1983

O REMÉDIO EFICAZ

DE NOSSOS registros espirituais, retiramos os informes que abaixo transcrevemos ao sabor de nossa emoção.

Conta-se que Bezerra de Menezes, já conhecido como médico bondoso e eficiente, nos arraiais da sociedade de então, foi, certo dia, discretamente procurado por eminente advogado, com evidentes sinais de sofrimento íntimo.

O Dr. M. F. R. S., escrupulosamente, num final de tarde, foi entrevistar-se com o prestimoso médico dos pobres. Desejava uma orientação, uma consulta, um remédio, um bálsamo que fosse para seu filho primogênito.

Tratava-se de rapaz bem apessoado, bem formado, estudioso, futuro advogado, consoante seus sonhos jovens, mas que há meses se mostrava com enfermidade pertinaz.

O Dr. M. já se entrevistara com outras sumidades médicas da época, sem resultados positivos. O rapaz ensimesmava-se a cada dia. Aspecto triste, olhar vago, anorexia constante, produzindo compaixão e pesar, preocupação e sofrimento, junto à família.

Dr. Bezerra, paciente e carinhoso, ouvia o pai aflito com atenção e zelo. O diálogo foi longo. Muitas indagações acerca das ideias espíritas esposadas pelo médico infatigável junto à dor da pobreza.

Bezerra, cuidadoso, porém seguro, em dado instante sentenciou:

— Bom amigo, já sei o que se passa com seu rapaz. Traga-o até aqui. Nossa entrevista se faz necessária. Posso lhe afiançar que tenho aqui comigo o remédio infalível que lhe prodigalizará a cura radical.

Dr. M, com visível emoção, abraçou o médico amigo, deixando rolar algumas lágrimas às escondidas.

— Trarei sim, logo, logo, o meu jovem filho. E confio em sua atenção, amigo Bezerra. Eu e minha esposa já não sabemos mais o que fazer nem a quem recorrer.

Em dilatadas palavras de gratidão despediu-se o emérito advogado, para regressar dias após, conduzindo o filho rapaz ao consultório humilde da Rua da Carioca.

Dr. Bezerra acolheu o enfermo com carinhosa atenção. Após algumas palavras de entrevista, em que pôde oferecer ao doente atento um pouco de sua vibração amorosa, foi acrescentando:

— Meu filho, tenho aqui o medicamento infalível para o seu caso. A saúde integral retornará aos seus dias para gáudio de seus dedicados pais. Entretanto, é necessário que você faça uso regular e ininterrupto do remédio eficaz.

E apresentou-lhe volume singelo, em papel pardo, recomendando com ênfase:

— Tome meu jovem, leve. Sorva todo o seu conteúdo na regularidade do consumo diário.

Mãos trêmulas, o moço, em presença do pai estarrecido, aceitou a oferta amiga. O Dr. M. não sabia o que dizer, meneou a cabeça em sinal de gratidão e fazia menção de retirar-se do consultório, quando o Dr. Bezerra acrescentou, mansamente:

— Caro jovem. O remédio é infalível, mas se houver alguma recidiva torne até aqui. Veremos o que fazer.

Em breve a charrete confortável levava dois companheiros de forma diferente: pai e filho abraçados num mútuo sentimento de afeição. O rapaz apalpa o pacote recebido com a intenção de pesquisar-lhe o conteúdo. Para surpresa de ambos ali estava tão-somente um exemplar de *O Livro dos Espíritos* e um cartão com dedicatória encimada pela recomendação do apóstolo Paulo, em sua primeira epístola ao jovem Timóteo: *Persiste em ler.*

Rezam nossas tradições que o moço, radiante e feliz, empenhou-se na leitura edificante, alcançando a cura radical para sua enfermidade. E, anos depois, quando se anunciou a desencarnação de Bezerra, ali compareceu amadurecido e tranquilo, sobraçando alguns exemplares do livro basilar da Codificação Kardequiana, distribuindo-os com alguns corações necessitados, a todos proclamando sua admiração e interesse diante do livro espírita.

Indicações para estudo
Enfoque: O Espiritismo e o seu papel social.
LE – Conclusão, item VI.
ESE – Cap. VI, item 5.

O velho Ovídio

NÃO POR acaso acedi ao convite de compartilhar da assembleia fraterna, onde alguns lidadores espíritas estariam, por desdobramento espiritual, presentes, durante o sono físico. Muitos ali eram velhos conhecidos meus, de minhas várias andanças pelo movimento do cristianismo redivivo no Brasil. O assunto principal em debate era o progresso das instituições religiosas na Pátria do Cruzeiro.

Alguns semblantes visivelmente contristados davam mostra de manifesto desalento.

O tema pedia reflexão geral. O benfeitor da esfera Maior, que dirigia o evento, fez eloquente pronunciamento, convocando os operários da Boa Nova no mundo a maior atenção junto aos negócios do Pai.

É possível que algumas assertivas, à feição de carapuças bem definidas, se encaixassem nalgumas cabeças já encanecidas e em outras mais jovens, tal o pranto baixinho que se observava no recinto.

É certo que ninguém ali desejava retornar ao plano espiritual com os alforjes vazios. Todos ansiavam por melhores realizações à frente de suas Instituições Cristãs e mobilizaram argumentos em favor da causa própria:

— Meu núcleo espiritista já vem de setenta anos na Terra e até hoje não nos foi possível ampliar-lhe as paredes de alvenaria... Onde buscar recursos?

Outro mais inflamado acrescentou:

— Parece que o Pai se esqueceu de nós. Vivemos em penúria; a escassez de recursos é tremenda. Cogitei de vender parte das terras, mas companheiros foram contra. Resultado, oitenta anos de Instituição e até agora no mesmo. Faltam até oradores para a divulgação da luz.

— É isto mesmo – falou presto uma irmã bastante desembaraçada. Nasci em berço pobre. Não tenho recursos. Não seria melhor que os benfeitores nos enviassem algum companheiro de posses para a ampliação de nossa oficina? Tenho orado e pedido e até agora nada...

Assim, o tempo foi sendo utilizado em lamúrias e queixas, até que o benfeitor amigo solicitou depoimento de antigo lidador espírita, que se mantinha cabisbaixo e caladão a um canto da sala.

— Gostaria, irmão Ovídio, de ouvi-lo por algum tempo, será possível?

O companheiro em apreço adiantou-se e principiou esclarecendo:

— Penso que não temos o que reclamar, pois nosso Núcleo, na Terra, vem avançando em idade com relativo progresso. Principiamos em tenda humilde e hoje contamos com confortável salão capaz de abrigar mais de quatro centenas de ouvintes da palavra cristã.

— Por certo, acompanhou-o algum mecenas reencarnado, pronto para soltar-lhe cifrões – atalhou um irônico velho empreendedor da Seara.

Mas Ovídio prosseguiu tranquilo:

— Não, não, não tem sido bem assim. O nosso grupinho deu-se logo de início à faina do Bem, visitando enfermos, mobilizando a caridade benfazeja, sustentando alguns carentes e protegendo algumas crianças mais desnutridas, junto às mães enfermas e abandonadas. O *dai e se vos dará* vem acontecendo lá por bênção. – E, reprimindo a emoção que teimava em dominar-lhe a fala, prosseguiu em tom quase balbuciante: – Somos poucos na Seara, mas multiplicamos nossas horas em tarefas e realizações que nos tiram algum tempo do lazer ou do repouso; alegramo-nos em servir e não temos esperado pela bolsa polpuda para realizar grandes projetos. Oramos muito e unimo-nos sem tergiversações em torno do Evangelho que preconiza trabalhar. É verdade que os Bons Espíritos inspiram-nos a ação constante no Bem...

A pausa seguiu-se de profundo silêncio, enquanto Ovídio, mais seguro, prosseguia:

— Julgo ser a união a causa de todo o êxito, porém, indago: poderia haver união sem fé? – Ao mesmo tempo acrescentou: – Mas é o estudo da Doutrina que arregimenta mais luzes à crença e fico ainda a pensar: a caridade presente é que determina o progresso...

Antes que Ovídio desse curso às suas ponderações o benfeitor experiente aduziu:

— Sim, filho, um favor puxa outro; um benefício gera mais benefícios, na contabilidade Divina. Entretanto, faz-se necessário a presença dos agentes do Bem na extensão dessas dádivas. A espera tão-somente de favores celestes para se agilizar compromissos da fé, pende para o descrédito espiritual ou para a estagnação do ideal. Seu núcleo progride em função dos operários que se fazem dignos do apoio Superior. O fermento Divino encontra a massa pronta para o propício momento de fazer o pão nutriente.

Ovídio tentou esclarecer:

— Pesam-me algumas palavras mais duras de companheiros que nos julgam ricos de recursos sem se darem conta das horas trabalhadas em cada dia...

O benfeitor, pousando delicadamente a destra nos ombros de Ovídio, trouxe palavras de orientação e arrimo:

— Ovídio, irmão, não se detenha nas sombras que se lhe atiram, fixe-se na luz que emana do Bem. Em retomando suas lides naturais, guarde na consciência a mensagem de fidelidade ao Bem. Quem não é fiel no pouco, não o poderá ser no muito. Trabalha e confia. O Senhor se desvela por todos. Mentalize o ensino de Jesus na Parábola dos Talentos. Temos visto muitos trabalhadores retornarem da Terra de mãos mirradas, vazias, porque ociosas. Esforça-te junto aos seus em mais realizar.

E com palavras de apoio geral concitou a todos a se mobilizarem com empenho nas obras sob seus cuidados particulares.

A assembleia encerrou-se aos cânticos e preces e, quando procurei por Ovídio, para o abraço do coração, avisaram-me, sorrindo:

— Ovídio? Já retornou. Saiu apressado e nem aguardou o repasto fraternal. Disse estar muito preocupado com algumas providências a tomar...

A curiosidade espicaçou-me. Com que então o velho Ovídio nem esperou pelos abraços. Tornei-me presto. Procurei alcançá-lo na viagem de retorno, mas, qual o quê! Chegando-lhe à casa, deparei-me com o Ovídio, de pijamas, esfregando os olhos ainda cansados, debruçado sobre escrivaninha singela, anotando providências de trabalho para o dia que amanhecia celeremente na paisagem da Terra.

Indicações para estudo
Enfoque: A fidelidade ao bem.
LE – pergs. 646 e 894.
ESE – Cap. XIX, itens 3 e 4.

II
A EDUCAÇÃO DOS FILHOS

A OMISSÃO

CLEMENTINO SILVEIRA desencarnou subitamente vitimado por disfunção coronária.
Foi desses regressos que os homens costumam dizer:
— Morreu tão cedo!
— Até parece morte prematura – cochichavam alguns.
Espírita de berço, pois seus pais foram dedicados cooperadores de instituição valorosa, recebeu desde pequenino as instruções evangélicas, que soube entronizar em sua personalidade com admirável espontaneidade.
Moço bem educado e de excelente comportamento social, enamorou-se de conhecida jovem da sociedade local e foi por ela correspondido, levando o primeiro idílio aos louros auspiciosos de um feliz consórcio.
Cinquenta e três anos de permanência na carne com ótima ficha no prontuário da indústria onde trabalhava pelo ganha pão.
Quatro filhinhos: dois rapazes e duas encantadoras mocinhas.

Muito probo, eficiente no lar, diligente à família, gentil e afetuoso foi sempre carinho e dedicação no ambiente doméstico.

Armandina, a esposa fiel, foi-lhe a companheira harmoniosamente postada ao seu lado no desvelo familiar.

Seria o que poderíamos chamar, examinando por cima, onde as aparências parecem dizer tudo, uma família feliz.

Quase trinta anos de matrimônio terrestre, entre arroubos de um romantismo indestrutível.

Mas, apesar de tudo isso, o companheiro Clementino não se mostrava feliz e seguro em seu regresso à pátria espiritual.

Tão logo despertou na enfermaria do posto de repouso, evidenciou demorada crise emotiva, com base nas preocupações pelos que permaneceram na retaguarda da Terra.

Muito choro e muita inquietação.

Os amigos da enfermagem, esgotados os recursos de sua competência, buscaram as autoridades socorristas imediatas.

Clementino, em crise, não apresentava melhora. Parecia incursionar num estado de demência e desvario mais evidente em irmãos nossos sem os conhecimentos básicos da Doutrina Espírita, que já nos oferece uma apreciável panorâmica do mundo espiritual.

E, então, o caso Clementino, de comentário em comentário, chegou ao nosso conhecimento, despertando-nos interesse.

Aproximamo-nos da equipe de auxílio para servir e aprender.

Ficamos sabendo, desta forma, que o Clementino conviveu com seus familiares por quase seis lustros, sem jamais lhes externar qualquer informação cristã de seus apontamentos espiritistas.

Temendo desagradar a esposa querida, de formação católico romana, jamais se dignou alertá-la quanto às verdades da Terceira Revelação.

Educou a prole com bondade, sem, em qualquer hipótese, conduzi-la ao aprendizado e convívio benéfico das Escolas Espíritas de Moral Cristã.

As crianças principiaram a instrução religiosa no catecismo da Igreja próxima, mas que, sem continuidade ou permanência, acabou por desinteressá-las dos estudos evangélicos.

Mocinhos, revelaram preferências pelos desportos que os pais estimularam com carinhoso aplauso.

As amizades, os vínculos naturais, ocuparam desde cedo os rebentos do lar nas alegrias do convívio social.

*

Quase oito meses depois de sua desencarnação, Clementino ainda se imantava ao lar em crise.

A esposa, ralando-se de dor ante as angústias da separação, deixou-se abater a tal ponto que se desorganizou emocional e mentalmente, sendo mantida em instituição de repouso para doentes mentais.

O lar sem comando favoreceu a crise nos filhos, sem bússola religiosa norteadora.

Os dois mais velhos envolveram-se com certos jovens doidivanas e já faziam uso de droga com razoável índice de dependência.

A terceira filha, ludibriada pelo noivo, amargava, em casa, a crise existencial de gravidez inoportuna, candidata, em potencial, às angústias da mãe solteira abandonada pelo companheiro, que desaparecera neste mundo de Deus.

Somente a caçulinha ainda se mantinha de pé, zelando pelos assuntos de casa, apoiando a maninha em dificuldade e visitando a mãezinha no manicômio, longe do apoio dos irmãos mais velhos, que se esquivavam da luz do dia, sendo vistos apenas nos desfiles noturnos pelas vielas do vício entre rolos de fumo, encharcados de droga.

Clementino dava mostras de desespero, naturalmente compreensível a todo coração paterno.

Auxiliado por benfeitores da Vida Maior, veio completar sua convalescença espiritual no próprio reduto familiar, ajudando como podia e recolhendo, com passadas trôpegas, os escombros de uma família quase dissolvida.

A caçulinha seria seu instrumento de operosidade. Com que dificuldade senhoreou-se de seus pensamentos para dizer-se vivo.

A jovenzinha acreditava-o, muito distante, bom e digno, nas paragens celestiais.

Inspirou-a e influenciou-a a ponto da jovem ligar para uma coleguinha de Universidade e expor seu drama.

Acolhida com atenção, recebeu o convite porque Clementino tanto ansiava.

Naquela mesma semana foram os três visitar o Centro Espírita: o pai desencarnado, a filha e a amiga atenciosa.

Principiou ali o auxílio efetivo à família, que se distendeu em passes junto à mãezinha enferma.

Mas Clementino registrou, no fundo do ser espiritual, a mensagem luminosa, que o responsabilizava de negligente e descuidado, como carapuça merecida à sua consciência de esposo, pai e irmão, quando o pregador da noite relembrou:

– E Jesus disse: – *Ninguém acende uma candeia para pô-la debaixo do alqueire; põe-na, ao contrário, sobre o candeeiro, a fim de que ilumine a todos...*

*

O caso Clementino causou-me constrangimento e pesar, mas o fato merece divulgação, uma vez que tenho presenciado muitos pais espíritas negligenciando na orientação religiosa dos filhos, a pretexto de que, no futuro, com a própria liberdade de escolha, saibam agir por si mesmos na procura dos trilhos doutrinários.

Ah! Desatenção total de quem detém nas próprias mãos o candeeiro da verdade.

Indicações para estudo
Enfoque: Orientação religiosa dos filhos –
consequência da omissão.
LE – pergs. 614, 629, 889 e 921.
ESE – Cap. XXIV, itens 13 a 16.

PERCALÇOS DA INVIGILÂNCIA

QUANDO FOMOS convidados, às pressas, para integrar a equipe de socorro urgente à Srª. Otília Fernandes Souto, conhecida colaboradora das lides espiritistas em conhecida metrópole de nosso país, não deixei de me reconhecer em sobressalto íntimo, pelos laços de afeto que me ligam à citada irmã de idos tempos, que transcendem nossa lembrança reencarnatória.

Adentramos, em equipe, a respeitável e confortável mansão, muito bem decorada no bom gosto da atualidade, conquanto um certo toque de sobriedade identificasse, de algum modo, a personalidade do casal Fernandes Souto.

D. Otília, em pranto incontido, relia um papelucho já bem amarrotado em suas mãos, evidenciando o manuseio nervoso das releituras continuadas.

Tão logo se processaram os passes benfeitores em favor de nossa visitada, tranquilizando-a em branda hipnose ao sono reparador, aproximamo-nos, com respeitosa curiosidade, para analisar, a convite de nossos líderes da caravana fraterna, o conteúdo grafado em caracteres claros e bem talhados na mensagem desprezada momentaneamente pelos membros lassos, distendidos no divã confortável. Transcrevemos, salvo alguns parágrafos censurados pelo respeito da ética jornalística, a carta alarmante:

"Minha mãe, meu pai.

Abraços meus aos meus dois maninhos caçulas Manoel e José.

Há tempos venho imaginando estabelecer diálogo com vocês dois no desejo de encontrar solução para meus problemas pessoais.

Você, meu pai, quase não encontra hora para o lar. Nossas saídas para a praia, rodeadas de amigos, não me enseja hora propícia à conversação mais íntima. Quase nunca nas semanas tenho a felicidade de beijá-lo, como bênção para meu repouso do dia.

E você, mamãe, embora tão cuidadosa na manutenção do equilíbrio da casa, convocando cooperadoras de alto custo para que nossa alimentação e nosso ambiente doméstico esteja em ordem, nunca seleciona algumas horas para nosso encontro mais afetuoso, quando necessito tanto orientar-me em sua experiência.

Vocês já repararam que eu estou uma jovem entrando nos 20 janeiros, distanciada de meus irmãozinhos menores, em quase 12 anos, nesta defasagem que a natureza nos proporcionou?

Sei que vocês me amam com grande intensidade. Mas, francamente, não consigo entender esta afeição dos pais modernos.

Cresci com a Lidiane, a babá carinhosa, que embora solícita, deixou-me marcas traumáticas, contando-me histórias de fantasmas, dragões e bicho-papão, que aprendera com seus avós.

Quantas vezes acordei chorando ou aos gritos sonhando com as figuras tétricas fixadas em minha imaginação infantil.

Sei que papai se dedicava na firma, conseguindo somas preciosas para as campanhas de benefício que você, mamãe, liderava.

Comparecer, assiduamente, ao Centro Espírita era mais uma convenção social que um dever de fé.

Sei que aos 13 anos vocês não se agradaram de meus novos amigos. Porém, foram os mais legais companheiros ao meu lado.

Foi nesta época que experimentei o meu primeiro biquini, lembram-se?

Papai meio contrariado acomodou-se com suas explicações, mamãe, de que moda era assim mesmo. Que eu não seria a primeira nem a única. Que eu não seria freira e lembro-me bem de suas palavras: Espiritismo, Souto, é liberdade para a evolução. Deixemos nossa filha adaptar-se ao mundo.

Daí para cá, mamãe, eu mudei muito por dentro, embora por fora conservasse essa carinha de anjo, como o papai sempre me apelidou.

Nas praias e nas *boites*, que inicialmente visitei às ocultas, encontrei novos companheiros para os papos do momento. Tudo legal e bacana demais!...

Parecia-me possuir duas famílias. Uma de obrigação, vocês em casa, e outra de devoção, a minha patota preferida.

Muitas vezes deixei de comparecer às reuniões de Mocidade, arranjando pretexto falso, que vocês nem notavam. Arranjei treinos esportivos para os horários exatos das tarefas no Centro.

Engajei-me em festinhas do Grêmio, cujos ensaios eu mesmo fomentava, às ocultas, para as horas do Centro.

Pretextei horários de estudos extras com colegas. E por ocasião do meu vestibular vocês nem repararam que só compareci a duas reuniões festivas: *Dia das Mães* e *Dia dos Pais*, esquivando-me com desculpas dos livros para os encontros que me agradavam mais.

Angústias íntimas? Nem me perguntem. Algumas lembranças das informações agradáveis da infância afloravam em minha mente de menina-moça, que os rolos de fumo disfarçavam no lusco-fusco das *boites* envenenadas.

Transei demais, mamãe.

Foi facílimo experimentar o ciclo de nudismo que a patota incrementou, até que vocês surpreenderam aquela foto nos meus guardados.

Experimentei de tudo, podem saber. Puxei a "legítima, com sofreguidão e *bolinha* para mim já me faz lembrar aquelas homeopatias açucaradas", que vocês me traziam do receituário do Centro.

Nestes três últimos meses, depois que vocês resolveram me reencontrar em casa, eu já estava muito longe de vocês, difícil de voltar.

Sabem o Augusto? O tal *pilantra*, como dizia papai ultimamente, já me ajudou em dois abortos e agora estou grávida de dois meses. Vocês nem perceberam meu mal estar e me deram gotinhas amargas para o fígado.

Mamãe só tem reparado na palidez dos velhinhos do Abrigo, mas o que minhas hemorragias traçaram nesta carinha de anjo não pôde ser observada, nem sob as olheiras que a pintura mal tem podido disfarçar.

Aprendi o *strip-tease* muito cedo. As roupas sumárias que o verão sugeria desavergonharam-me por completo. E embora reconhecendo magoar-lhes o coração, devo contar que tenho sido a mais apreciada vedete nos *drink friend* de nossas noitadas de prazer.

Veem. Isto tudo precisava ser dito, mas de que jeito! Essa carinha de anjo esconde um demônio por dentro.

Justamente por isso e por ter aprendido a tal da reencarnação com o Espiritismo é que resolvi pôr fim à vida. Acabar de uma vez com isto para que o umbral me expulse rápido de lá para nova experiência carnal.

Não que os despreze, é claro, mas é que ando pensando em ter por condutores pais mais enérgicos que me ajudem a pôr os pés nos caminhos certos.

Aqueles livros espíritas que vocês me deram estão intactos no armário grande. Nunca os folheei, jamais. E nem vocês me perguntaram por eles. Ficam para os manos. Talvez os pequenos possam aproveitá-los melhor.

Só uma coisa eu lhes peço: ajudem lá fora, mas pensem, também, na caridade no lar.

Não me julgo vítima de ninguém. Acho que fui muito exigente, não sei. Mas fato é que esta vida de solidão, tem sido muito difícil para mim.

Peçam a Deus perdão por meu ato tresloucado, mas não consigo outro jeito de sair de mim mesmo, desse perdido e desse caos que nem as drogas conseguiram aliviar.

Adeus!

Marthinha."

O texto inteiro trazia confissões íntimas que me furtaria, naturalmente, de registrar nestas páginas de reportagem--advertência. Saí de minha emotividade quando ouvi dois enfermeiros do Pronto-Socorro adentrarem o recinto com o médico da família, avisando em voz enérgica:

— D. Otília, a lavagem estomacal funcionou, eliminando os resíduos barbitúricos e os novos estimulantes orgânicos já entram em reação. Sua filha está fora de perigo.

Indicações para estudo
Enfoque: Missão dos pais
LE – pergs. 582, 583 e 892.
ESE – Cap. XIV, item 9.

Um caso para pensar

ADENTRAMOS O solar dos Almeida Martins, naquela noite, trazendo, na intimidade do coração, o desejo inaudito de alentar-lhes, de certa forma, a agitação de que se viam presa. Percorremos as salas bem postas no apuro decorativo da dona de casa. Demandamos o andar superior, alcançando, presto, a alcova do distinto casal, onda a luz mortiça de abajur, pousado numa cômoda, estilo *chippendale*, espraiava pelo ambiente nostálgicos e tristonhos matizes de soledade.

Já conhecíamos o problema do casal, havia certo tempo, desde que integramos o grupo de auxílio espiritual, organizado na Instituição Espírita, onde os nossos irmãos ofereciam sua assiduidade.

Entretanto, não nos foi difícil perceber, naquela noite, um quadro mais profundo de dores pungentes.

D. Cacilda, recolhida ao leito largo, bem talhado no estilo pesado da *art nouveau*, conservava-se imóvel, sob a colcha de renda do norte, muito alva, abandonada aos travesseiros, com os braços distendidos sob o leito, assemelhando-se mais à estátua de dor, que Miguel Ângelo imortalizasse no carrara precioso. O olhar vago buscando o infinito, como a alhear-se de si mesma em muda indagação: – Por quê? Por quê? Dr. Oswaldo, o esposo diligente e conselheiral, pai também extremoso, companheiro de todas as horas na vigília doméstica, sustentava às mãos as páginas noticiosas do jornal da metrópole, entremeando o pensamento junto às linhas impressas ou deixando-se levar nas asas da imaginação, recordando, recordando...

A cabeleira, conquanto encanecida, emoldurava com certa elegância o semblante sereno do chefe do lar.

Portamo-nos em atitude de silêncio e oração, aguardando o comparecimento da caravana socorrista, que não tardou a penetrar o ambiente familiar.

O chefe da caravana, após breves determinações de rotina, entregou-se ao afã do passe revitalizante, prodigalizando forças renovadas ao casal.

Foi quando, pousando o jornal ao lado da cadeira confortável e levantando-se num impacto, sob amparo espiritual, o Dr. Oswaldo Almeida Martins, dirigindo-se à companheira, convidou-a com ternura na voz:

— Cacilda, que tal fazermos nossa prece de hoje? A oração há de nos trazer vigor e sustento. Afinal de contas todos estamos sob o amparo celeste. Nossa mágoa é profunda, nossa dor é imensa, mas não desconhecemos que o Plano Espiritual há de velar por nossas dificuldades.

A esposa, quase que sob branda hipnose, que lhe acionava o sistema nervoso central, no auxílio magnetizador de enfermeiros especializados, quase sem registrar o total sentido das palavras de seu companheiro, acomodou-se entre tecidos alvos do leito, recostando-se nos travesseiros para os favores da oração.

Finda a prece, inspirada pelo assistente chefe, não foi difícil manter os dois socorridos no diálogo benéfico, uma espécie de catarse a dois, que a psiquiatria moderna muitas vezes tem indicado em seus processos terapêuticos.

O assunto foi-se desenvolvendo sob nossa observação fraterna, embora minuciosa.

— Lembra-se, de quando tomamos o Albertinho para o nosso comando afetivo? Quase quatro lustros de convivência fraterna. A princípio reagi à sua sugestão, depois, ouvindo as pregações no Templo Espírita, compreendi os deveres da família espiritual e acedi à sua disposição de tomá-lo aos nossos cuidados paternos.

Enquanto a esposa acedia com monossílabos, quase imperceptíveis do coração prestes a lançar-se em pranto, o esposo dedicado prosseguiu, refazendo o tom carinhoso, tomando entre as suas, as mãos alvas da esposa querida:

— Pois é..., lembro-me de haver-lhe admoestado sobre nossa idade. Nossos filhos já casados, nós dois avós em potencial... Entretanto, acolhemos o Albertinho como um botão de esperanças no jardim de nosso afeto. Doamos-lhe não apenas o lar, o teto, o sustento, mas o nome honrado e a posição social que construímos para nossos filhos e netos.

D. Cacilda Almeida Martins, com grande esforço, balbuciou:

— Justamente, por isto é que não consigo compreender... Os Amigos Espirituais sempre nos falaram em proteção, sustento e socorro. Conduzimos nosso Albertinho pelas mesmas letras e luzes de nossos filhos legítimos. Demos-lhe tanto ou mais ternura que aos nossos Carlos e Débora. Livros e instrução. Orientação espírita e condução cristã. Jamais poderia imaginar... e desatou em pranto convulsivo.

Neste exato momento, o assistente socorrista, pousando mãos amigas sobre a fronte do esposo solícito, ajudou-o a ponderar:

— Pois é, minha filha, mas devemos guardar serenidade diante dos fatos. Lembra-se que desde cedo o Albertinho andou a nos causar preocupações, levando-nos a solicitar orientação espiritual? Tenho todas elas guardadas em minha escrivaninha e hoje mesmo andei relendo uma por uma. Quer ouvir? – E buscando sobre o toucador um grosso volume de medicina moderna, que era objeto de seu exame nos últimos meses, passou a folhear páginas manuscritas, que ali se achavam guardadas.

"Alberto Almeida Martins – 6 anos de idade – pedido de orientação".

"Nosso pequeno necessita de passes e água fluidificada, requisitando, entretanto, maior vigilância no lar para tolher-lhe as tendências negativas da imaginação infantil".

— Lembra-se, você sorriu quando leu estas páginas, achando que a médium havia cometido algum engano na orientação, pois o Alberto era criança tão normal quanto as outras.

"Alberto Almeida Martins – 12 anos de idade – orientação espiritual para cleptomania e desleixo com os estudos".

— Além de medicamentos, leio abaixo:

"Nosso jovem reclama severos cuidados e urgentes disciplinas.

Amor não é ternura desmedida. Corrigir e educar é tarefa de quem ama. Não culpemos unicamente os inimigos espirituais, quando trazemos em nós as tendências pregressas do desequilíbrio".

E continuando a seleção de algumas, dentre as muitas orientações, acrescentou:

— Ouça esta aqui, quando nosso Alberto completou 15 anos:

" — Somos de parecer deva nosso jovem ser encaminhado a uma Escola moderna, em regime de internato ou semi-internato e levado a consultório psiquiátrico para agir onde os seus responsáveis se fizeram omissos.

Não há processo obsessivo em funcionamento, há omissão de auxílio direto, com os corretivos indispensáveis aos filhos rebeldes.

Paz.

Bezerra."

— Lembra-se, querida. Você duvidou que fosse realmente o benfeitor Bezerra de Menezes, falando em corretivos... Eu também fiquei de seu lado, mas quando recebemos outra página, já não tive dúvidas de nossos enganos.

"Alberto Almeida Martins – 18 anos".

"Nosso jovem caminha sob o império das sombras, que vêm convocando para junto de seus passos. Traz a organização física intoxicada violentamente por drogas nocivas, reclamando matrícula urgente em organização hospitalar especializada."

D. Cacilda, num sorriso amargo aduziu:

— Também aí ajuntei dúvidas. Jamais suspeitei que meu Albertinho estivesse se contaminando deste jeito com o mundo...

Ante a pausa mais demorada, o esposo prosseguiu:

— Penso que falhamos, nós, ambos, superprotegendo o Albertinho. Mas onde os laços da parentela espiritual que aprendemos na Doutrina? Os livros sempre nos instruíram, induzindo-nos à caridade. Teríamos sido egoístas, quando outros pais deveriam ser os responsáveis diretos por nosso Alberto?

Nesta hora, o benfeitor espiritual fez que caísse no assoalho, num baque surdo sobre o tapete persa, o pesado volume de medicina que o Dr. Oswaldo Almeida Martins sustinha no colo. O livro esborrachando-se, esmagou algumas páginas da preciosa encadernação que o Dr. Oswaldo, tomando com seu carinho, intentava desamarrotar, cuidadoso. Foi neste exato momento que sentiu o olhar fixar-se no texto em caixa alta, enquanto, sem saber como nem porque, entrou a ler em voz quase normal:

Rejeição

O fenômeno da rejeição do órgão implantado no corpo humano ainda é assunto de inúmeras pesquisas, Muitas vezes, o quadro cirúrgico pós-operatório apresenta aspectos reais de êxito, quando uma anasarca generalizada denuncia para breve a rejeição do corpo estranho... e seguia por aí o texto, quando Da. Cacilda interrompendo-o solicitou:

— Leia, meu bem, para mim este pensamento que me chegou em carta de minha irmã, nesta tarde.

E o Dr. Osvaldo Almeida, trêmulo de emoção, passou a ler em voz alta o texto elucidativo de benfeitor espiritual, impressa em divulgação doutrinária, lembrando o livre-arbítrio na vida de todas as criaturas e estabelecendo comparações com a dinamite que beneficia o granito e o buril que lapida o diamante.

Percebendo que a câmara doméstica experimentava agora expressivo aspecto de refazimento, e compreendendo que o casal em breve entraria em sono reparador, preparamo-nos para deixar o ambiente.

Contudo, no vaivém da rotina de final de assistência, tropecei no jornal abandonado minutos atrás pelo Dr. Oswaldo Almeida Martins, ao lado da poltrona do pai.

Não pude conter a surpresa, quando li a manchete no jornal bem amarrotado: "Alberto Almeida Martins, filho de conhecido médico espírita, morto em tiroteio com a polícia da Capital, que lhe descobriu, ontem, a procurada boca-de-fumo. "

Indicações para estudo
Enfoque: A educação dos filhos.
LE – pergs. 382, 383 e 385.
ESE – Cap. XIII, item 19.

Mais perto do que julgamos

A JOVEM Colombina dava os últimos retoques nas vestes, após concluir a maquiagem vistosa, mentalizando as alegrias vividas nos folguedos de carnaval.
Encontrara no baile da noite anterior simpático Arlequim com quem permanecera por horas de indizível emoção.
Seria aquilo amor à primeira vista?
Talvez...
Pensava no rapaz, dizendo de si para consigo estar perdidamente apaixonada.
O timbre de sua voz macia ressoava-lhe aos ouvidos.
A suavidade de suas mãos em carícias amorosas...
Colombina tinha o peito transbordando de emoção.
Arfava de encantamento e expectação.
Passara todo o dia entre lembranças, recordações...
Iria ele de fato encontrar-se com ela? Por que noutro local e não no próprio Clube?
Ah! Talvez ele fosse daquele grupo de rapazes tímidos e desejava um local menos bulhento para melhor se expressar.

Seria isso? Decerto que sim, pois o ruído dos festejos momescos não dava para qualquer diálogo mais sério e equilibrado. Mas por que naquela praça tão deserta? Um banco de jardim acobertado de sombras com a folhagem crescida impedindo a iluminação do poste público, seria um cenário romântico.

Colombina desejava raciocinar, mas o coração teimava em injetar-lhe enxurradas de emoções entre as expectativas de sua estatura jovem.

— Que chegasse logo a noite – repetiu todo o dia e naquele momento acertando uns retoques na vestimenta brilhante, imaginava-se a sós com seu encantado Arlequim.

Foi quando a mãezinha, adentrando-lhe o quarto de filha única, retirou-a de suas fantasias mentais.

— Que susto, mãezinha – falou com voz aborrecida.

— Desculpe-me filha, mas venho lhe dizer que estava ainda agora orando por você, quando senti forte aperto no coração. Será um mau pressentimento? Algum perigo?

— Nada disso mamãe. São seus cuidados tolos. Estamos na era moderna. Os tempos são novos. Liberdade é o que aspiramos...

Mas a mãe interrompeu-a, quase num suspiro, para sussurrar:

— Os tempos são novos, mas os homens são antigos. Os perigos de ontem ainda são os de hoje. E eu temo, filhinha, a tal ponto de rogar ao seu Anjo da guarda protegê-la, zelando por seus passos.

Enquanto a mocinha colocava as sapatilhas para sair, a mãe concluiu:

— Pense em seu anjo protetor, filhinha, sim. Pense nesse benfeitor que há de ampará-la sempre.

Colombina sorriu, deu uns toques elegantes na cabeleira loura e beijando a mãezinha apreensiva despediu-se.

À rua, afadigou-se com o ônibus. Perdera logo aquele que passaria no local previsto...

— Que azar! - julgou. Consultou o relógio, ainda daria.

Neste momento, um grupo de colegas oferece carona no carro lotado. Aceitou para ganhar tempo. Mas, logo adiante, um imprevisto... Fura um dos pneus. Seria feita a troca, mas o carro não possuía estepe para aquela emergência. Fora deixado em casa para não ocupar lugar. Coisa de jovens entusiasmados pelas bebidas no carnaval.

Colombina agita-se. Nervosamente, pede licença para tomar um ônibus que trafegava no local.

Os colegas com sorrisos a liberam. A moça toma a condução. Senta-se, retira um espelhinho da bolsa e se examina. Estava bem.

Consulta o relógio. Vinte minutos de atraso. Mas seria normal. Afinal, era dia de festa. Arlequim saberia esperar.

Nisto observa o caminho, não era aquele o trajeto. Pergunta ao trocador.

— Ora, ora, mais esta! O ônibus errado! Mas eu vi a placa. Juro que li outra coisa. Que falta de sorte. E mamãe ainda me vem com essa de anjo da guarda. Baboseiras!

Saltou aborrecida, buscando nova condução. Valeria a pena tomar um táxi. Consulta a bolsinha. Esquecera de trazer maior soma de dinheiro. Afinal, monologava, não pensava naqueles imprevistos.

Passa novo ônibus. Agora sim, não haveria erro. Sobe apressada. O coletivo desliza. Mas, o quê? O caminho não era aquele!

— Desculpe-me senhorita, mas vamos dar uma volta maior. O trânsito foi mudado nesses dias.

— Oh! meu Deus – suspira Colombina. – Será que o Senhor existe mesmo? Por que tudo isto comigo, logo hoje!

Bate-lhe o peito em descompasso. Quarenta minutos de atraso...

Por fim salta no local previsto... Não compreende... Há muita gente e reboliço grosso. Polícia, gritos, altercações. Colombina olha ao derredor... Era aquele o local combinado... Decerto que era... Lá estava o banquinho sob a sombra acolhedora das buganvílias crescidas. Porém, que ajuntamento seria aquele? Aproxima-se a tempo de ver seu Arlequim ser introduzido no camburão policial. Queria gritar, mas não conseguia.

— Ele não, não o levem por favor, é meu favorito, meu esperado noivo, meu amor! – Mas, em pranto, a voz se cala na garganta. É quando ouve um senhor bem vestido, aproximando-se:

— Ei, mocinha! Não fique nessas bandas, aqui é um ninho de marginais. Agora mesmo acabam de levar um bandido perigoso... Um escroque inveterado, assaltante e assassino de jovens que assalta, estupra e deixa à morte para alguém encontrar.

Colombina leva as mãos ao peito e desmaia.

Horas depois chega à casa. Um vizinho reconheceu-a no momento da confusão e tomara-a sob seus cuidados.

A mãezinha vem atender à porta. Graças a Deus, a filha voltou mais cedo. Que bom! Ainda estava rezando.

A menina, ainda pálida, adentra a sala sem nada explicar.

Caminha devagar, mas a sua mãe nem percebe, retirando-se para a cozinha, a fim de preparar-lhe o lanche noturno.

Então, Colombina agradecida vai ao encontro da progenitora, abraça-a com força estranha e num beijo de gratidão e reconhecimento, soube apenas dizer:

— É mãezinha, voltei mais cedo hoje. Quero orar com você e juntas agradecermos o carinho verdadeiro de meu anjo protetor e guia espiritual, que reconheço de fato existir, tutelando meu caminho. E está mais perto do que nós jamais imaginamos.

Indicações para estudo
Enfoque: Ação dos Espíritos protetores.
LE – pergs. 501 e 662.
ESE – Cap. XXVIII, item 36 e 37.

III
CONDUTA ESPÍRITA

12

INESQUECÍVEL LIÇÃO

BELMIRO TEIXEIRA guardava repouso no leito bem cuidado de importante organização hospitalar.

Um enfarte de miocárdio quase se lhe impõe o passaporte para o mundo dos espíritos.

Belmiro, há longos anos, desde que conhecera a Doutrina Espírita, nos anos verdejantes de sua juventude sadia, fizera-se ardoroso adepto da Terceira Revelação.

Cultivara o gosto pelas leituras edificantes, organizando excelente biblioteca para seus estudos diários.

Abraçara com dedicação as tarefas assistenciais, desenvolvendo com notável noção de responsabilidade sua parcela de cooperação nos afazeres caritativos da Instituição a que se vinculara.

Palavra fluente e fácil, não lhe foi difícil erigir-se num dos divulgadores da mensagem doutrinária nas reuniões públicas ou na orientação de entidades menos felizes.

O casamento lhe viera cedo, contudo, nem a esposa, nem os filhos lhe constituíram impedimentos naturais na rotina dos deveres a que se submeteu, sempre com valoroso senso de equilíbrio e disciplina.

Crescera com certa facilidade nos negócios materiais. O pequeno legado que seu progenitor lhe destinara por herança, fora realmente muito bem conduzido.

Muito tirocínio comercial.

Excelente relacionamento com o público, seus fregueses.

Contava com destacada casa comercial na cidade e não se exonerava dos serviços diários junto ao balcão da grande loja.

Deslizava, agora, o olhar pelas paredes nuas, em tom pastel, do quarto em que estagiava na recuperação da saúde orgânica.

Aspecto moço, não lhe traduzindo o peso certo dos anos muito vigorosos e lépidos nos movimentos, entre as surpresas da enfermidade súbita, indagava quase que de si para consigo: – Mas por quê? Por quê?

A pouco e pouco a monotonia do ambiente convocou-o ao repouso reparador. Sono pesado, profundo.

Com a visão dilatada para o mundo espiritual, quase desdobrado, Belmiro mostrou-se satisfeito, sorrindo à entrada do amigo espiritual, que orientava a organização religiosa em que servia.

Reconheceu-o de imediato e misturando o sorriso franco com os gestos descontraídos, foi de pronto indagando:

— Querido amigo, não encontro, ainda agora, explicação para o que me sucedeu. Sempre me imaginei sob a guarda e vigilância dos benfeitores. As tarefas na Instituição, minhas responsabilidades assistenciais, meus deveres para com o lar, filhos menores reclamando-me a presença paterna. Estaria correta a Providência Divina chumbando-me ao leito desta forma? Por caridade, ampare-me o raciocínio. Não descreio do auxílio celeste, apenas gostaria de melhor entender...

Não concluiu a frase, porque o devotado lidador espiritual o interrompeu carinhoso.

— Sim, filho, suas preocupações não são infundadas, porém você cuidou de tudo com grande euforia, esquecendo-se de manter sob vigilância a máquina principal, seu corpo. Sua ficha espiritual traduz, em linhas gerais, grande menosprezo pela organização celular.

— Não pode ser, não pode ser – atalhou Belmiro, entremostrando descontentamento e surpresa. – Compareci semanalmente às reuniões doutrinárias, entregando-me aos labores do passe com grande louvor ao Espiritismo...

— Com grande apego ao comodismo, diz aqui sua ficha pessoal – concluiu o instrutor, sereno. – Você buscava o concurso do passe com a intenção íntima de deixar aos tarefeiros espirituais todo o encargo de lhe manter equilibrada a carcaça física.

— Jamais me ausentei da ingestão de remédios – prosseguiu Belmiro. – Dei sempre provas de confiar no receituário mediúnico, usando exclusivamente, as receitas dos facultativos desencarnados.

— Por questões de bem-estar, meu filho, diz aqui sua ficha que você sempre detestou imaginar-se num gabinete médico, aguardando a vez do atendimento ou submetendo-se ao exame rigoroso...

— Nunca distanciei da água fluidificada – balbuciou Belmiro, intranquilo.

— Mas para economizar seus cifrões, registramos aqui. Desejando evitar gastos que você imaginava supérfluos, com exames de laboratório e raios X, você intentava relegar-se ao auxílio fluídico-medicamentoso das águas recolhidas da prece, planejando ajuntar mais algumas moedas no seu cofre, auxílio aos necessitados, numa permanente troca de favores com o mundo invisível. Doava aos pobres para receber dos espíritos.

— Participei, quanto possível, das reuniões de vibração e preces.

— Mas fugiu deliberadamente da terapia terrestre, sempre imaginando economizar, economizar.

— Confiei ilimitadamente nos espíritos.

— Mas desconfiou sistematicamente dos médicos, seus companheiros de romagem terrestre. Cuidar do corpo e amparar a saúde, será sempre proteger a vida e proporcionar segurança aos próprios passos. Há tarefas que cabem aos espíritos, no socorro aos homens. Contudo, a Providência Divina vem dotando dia a dia os homens de recursos próprios que lhes garantam o bem-estar físico e a defesa da vitalidade orgânica.

Belmiro sorvia a realidade das ponderações com grande emotividade.

— Pense o que seria do agricultor que apenas se preocupasse em semear, semear, arroteando a terra estéril, sem uma pausa para atendimento às engrenagens do arado valioso. Em breve não contaria com a cooperação do precioso veículo para os serviços planejados. Assim também se o homem apenas cuida de produzir, e produzir, sem uma pausa para recuperação da máquina orgânica, em breve estará sem os implementos carnais em ordem precisa, que lhe favoreça a produção almejada. Lembre-se: nosso corpo, nossa ferramenta. Amparemos nosso corpo tanto quanto auxiliamos nosso espírito.

Um barulho seco, de súbito, assustando Belmiro, fê-lo despertar do oportuno contato com o amigo espiritual.

É que a esposa, adentrando-lhe o quarto de hospital, deixara rolar a maçaneta da porta com maior ruído

Belmiro, olhar ainda orvalhado, abraçou a esposa, que sem entender muito bem o que ouvia registrou surpresa:

— Querida, querida, providencie quanto antes uma junta médica; preciso urgentemente de conselhos médicos para viver em paz.

Indicações para estudo
Enfoque: Cuidados com o corpo.
LE – pergs. 196 e 196a.
ESE – Cap. XVII, item 11.

13

O ESPÍRITA DESCUIDADO

WALFREDO NUNES era lidador espírita de longa data. Conhecia em profundidade a Terceira Revelação, desvelando--se em excelente defensor de seus ensinamentos.

Auxiliava enfermos e reerguia o ânimo dos desolados, relembrando os ensinamentos de Jesus com sua mestria.

Não se omitia nos serviços de passes e jamais se ausentou dos labores assistenciais das campanhas socorristas no Templo que se filiara.

Destacava-se na comunidade Cristã por seus dotes de coração.

Possuía excelente biblioteca e disto não fazia segredo, fazendo circular junto a quantos lhe solicitassem as obras espíritas de sua coleção.

Hábitos sóbrios no vestuário e conversação elegante em meio aos irmãos de ideal.

Entretanto, já de algum tempo Walfredo mostrava-se preocupado, retratando na fisionomia conservada a marca da nostalgia em cores de tristeza.

Compelido à conversação no encontro mais íntimo, semanal, com os benfeitores de mais Alto, Walfredo externou-se, cabisbaixo:

— Amigos Sublimados, conquanto apresente razoável folha de serviços na Seara Cristã, observo que minha ambiência doméstica não vai bem. Quanto maior minha dedicação e presença nas atividades de nosso Templo, maior o acúmulo de contrariedades sorvido no lar. Como veem, já não consigo mascarar-me de fictício bem-estar, para solver meus compromissos junto ao nosso abençoado Templo de oração. Imagino que sucumbirei. Reconheço que meu lar vive povoado de malfeitores espirituais, estabelecendo pânico e desarmonia entre minha esposa e meus filhos. Já recorri ao Culto do Evangelho. Já tentei a oração diária em voz alta, porém... nada. Serão porventura os agentes do mal superiores aos amigos da luz que nos acompanham a caminhada na vida?

E desatou em choro convulsivo.

O amigo espiritual que assumia o comando das forças mediúnicas, finda pausa breve, dirigindo-se a Walfredo, obtemperou:

— Meu filho, vivemos cada um, no ambiente que erigimos com nosso livre-arbítrio. Aqui você recolhe as alegrias que semeia e amealha os benefícios distribuídos em nome de Jesus.

— Mas... mas, porventura em casa, não sou o mesmo cumpridor de meus deveres ?

— Sim, sim... - atalhou o benfeitor - contudo muitas vezes nós destruímos com os lábios o que construímos com o coração.

E prometendo a Walfredo visitá-lo naquela noite, ainda, no próprio lar, para uma experiência de desdobramento, solicitou dos presentes encerrassem a reunião.

Em casa, Walfredo mantinha o coração agitado. Receberia, naquela noite, a visita do amigo celeste para o aprendizado sublime.

— Afinal, onde a causa dos distúrbios em família?

Os filhos jovens, razoavelmente estudiosos, com vida normal junto aos amiguinhos da vizinhança, seriam bem a moldura de felicidade que almejava para sua companheira, que ostentava já, nas têmporas, os vestígios da senectude precoce.

Ajeitou-se no leito, fez uma prece, e aguardou que o tempo lhe favorecesse o sono, enquanto esperava a chegada do amigo espiritual. Ao cabo de alguns minutos caiu em sono profundo e pesado. Mas teve a sensação de que, em vigília, percebia a chegada do visitante ilustre, esperado tão ansiosamente.

— Então Walfredo? – Falou suave a entidade benfeitora, adentrando o aposento – Vamos deixar o casulo de carne?

E estendendo os braços ao Walfredo, que instantaneamente tomou-lhe a destra, reerguendo-se do próprio corpo estirado na cama em aparência quase hipnótica.

— Venha comigo – falou calmo – vamos visitar as dependências da sua casa.

Abraçados como velhos amigos, seguiram, ambos, esgueirando-se por estreito corredor, que levava aos compartimentos mais amplos da casa. A sala de visitas, o ambiente das refeições...., enfim, todas as dependências.

Como se trouxesse a visão ampliada por processo desconhecido, Walfredo amedrontava-se a cada passo, agarrando-se ao benfeitor querido. Formas escuras, dominavam o ambiente. Gargalhadas estentóricas surgiam de inopino. Vultos negros pareciam bailar ao compasso de ritmo alucinante de música imperceptível aos ouvidos de Walfredo. Gritaria, algazarras, ruído espantoso. Quase a desfalecer, estonteado, Walfredo foi reconduzido aos seus aposentos.

Antes de retornar ao comando do corpo, ouviu do benfeitor esclarecimentos às suas indagações mentais:

— Como vê, filho, sua casa não ostenta aquela ambiência espiritual que você imagina. Sua oratória, sua conversação cristã, suas lembranças evangélicas estão para lá do portão de entrada. Cá dentro, você se descuida, entregando-se à conversação menos edificante, imaginando cair nas boas graças de sua rapaziada. O anedotário às refeições, as piadas picantes nos encontros sociais, as expressões pornográficas repetidas em tons xistosos são vibrações com que você e os seus estabelecem afinização com estas companhias invisíveis, que são seus convivas de toda hora. Entendamos que na vida não podemos servir a dois senhores. Ou guardamos nossos pensamentos e nossas línguas para o trato com os assuntos enobrecedores do Bem, ou nos aconchegamos ao mundo com suas trivialidades de sempre. Se é difícil a primeira alternativa, bem facilitada se nos apresenta a segunda por nossa tendência a recapitular experiências do passado.

Walfredo ouviu tudo estarrecido; assustadíssimo, entrou no corpo para despertar, debatendo-se em suor, como se libertasse de terrível pesadelo. Mesmo assim ainda guardou na lembrança as palavras finais do inesquecível visitante:

— Pois é, meu filho, muito fácil, com esta experiência, entender que nem todos os que dizem *Senhor! Senhor! entrarão no reino dos céus.*

Indicações para estudo
Enfoque: A vivência no lar.
LE – pergs. 467 e 845.
ESE – Cap. XVIII, itens 10 e 12.

PASTILHAS DE SAÚDE

AMÉRICO MARCONDES de há muito procurava recursos alentadores para a sua saúde física abalada.

Habituara-se ao contato com benfeitores amigos, no reduto Cristão, fortalecido pela crença no intercâmbio espiritual.

Receitas sobre receitas, instruções medicamentosas variadas e socorristas.

Contudo Américo Marcondes mostrava-se continuamente abatido e fatigado, extenuado e súplice, indagando da medicina espiritual o socorro adequado que lhe viesse de uma vez por todas, debelar o mal que lhe minava as forças.

Valendo-se de noite benéfica, em que o tempo lhe felicitou mais dilatados minutos na conversação com o benfeitor espiritual ampliou comentários à guisa de socorro ao organismo em crise patológica.

— Celeste Amigo – aventurou – apesar dos medicamentos em uso, sinto meu fígado ingurgitado e dolorido. Que me recomenda?

84 | JÚLIO CEZAR GRANDI RIBEIRO / O REPÓRTER

– O socorro do equilíbrio emotivo, filho. Sua constante irritação à frente da prole buliçosa, derrama energias corrosivas sobre o órgão afetado, neutralizando a atuação dos medicamentos ingeridos.

– Sim, sim, farei o possível, mas observo os rins em mau funcionamento – prosseguiu. – Que fazer?

– Controlar a língua, meu amigo. As conversações maledicentes e revoltadas contra a administração pública e sua oficina de trabalho, desenvolve pronunciado derrame de adrenalina em seu organismo, desorganizando-lhe o equilíbrio celular.

– Sim, isto é verdade. Esforçar-me-ei por resguardar-me no equilíbrio, mas... Estas palpitações com o coração transtorna-me a alegria de trabalhar! Alguma sugestão medicamentosa?

– Recomendamos, ainda, cautela no linguajar. O anedotário nas rodas do cafezinho trazem-lhe vibrações negativas, transtornando-lhe o equilíbrio do plexo solar, em sobrecarga vibratória negativa...

– Oh, sim – atalhou rápido Américo Marcondes – serei cuidadoso, mas e estas vertigens com sintomas de contínua inapetência? Não conseguiremos debelá-la?

– Perfeitamente, filho – ajuntou benevolente o amigo espiritual, esboçando leve sorriso pela face do médium em serviço de caridade pública. – Gritaria e bravata não produzem ordem nem equilíbrio, fora ou dentro de nós mesmos. Grite menos, acalme-se mais, controle os nervos, domine a fala, amacie a voz, eduque o juízo que faz do próximo, policie o pensamento e guarde o coração da conversação menos sadia.

– Generoso benfeitor, compreendo-te as admoestações de sempre. Tenho registrado nesta sala, noutras oportunidades, idênticas orientações para todos que aqui estamos. Porém, perdoe-me a insistência, contudo ansiava por receber indicação nova de medicamento recém-saído da indústria. Talvez, quem sabe?! ...

— Pois não, meu filho ...

E atendendo à solicitação, com paciência sustentadora, concluiu, despedindo-se dos serviços da noite:

— Use, diariamente, pastilhas de saúde...

Passadas algumas semanas, Américo Marcondes, de volta ao amparo do intercâmbio mediúnico, acercando-se do instrutor amigo, falou quase nervoso:

— Amigo querido, procurei por toda a cidade, em todas as drogarias e fontes farmacêuticas e ninguém me deu notícias das tais pastilhas de saúde. Onde comprá-las? Qual o laboratório?

Com larga expressão fisionômica de carinho o Guia Espiritual revelou, bondoso:

— São pastilhas comuns, dessas que a petizada aprecia, com sabores diversos, dizendo melhor... encha seu bolso de balas, meu filho. Serão suas pastilhas de saúde.

— Mas como... como?... - Indagou confuso o interlocutor.

— Muito simples. Toda vez que estiver tentado a falar e blasfemar, maldizer e queixar, enervar-se e cair em desequilíbrio, ponha uma bala na boca. Assim, sua palavra estará trancada pela língua e ao cabo de mais alguns minutos seu verbo adoçado surgirá mais formoso e menos contundente.

Américo Marcondes, compreendendo o ensinamento valioso, curvou a fronte e despediu-se do benfeitor entre envergonhado e satisfeito.

Indicações para estudo
Enfoque: Saúde e doença.
LE – pergs. 909 e 911.
ESE – Cap. IX, item 10.

O PASSEIO

INTERESSAMO-NOS PELO relato de lidador espiritual, encarregado de promover tarefa assistencial junto aos amigos encarnados.

O assunto principiara descrevendo curioso passeio planejado pela comunidade espírita onde o benfeitor trazia sua cooperação sistemática.

O programa envolveria grande número de espíritas, que demandariam em sítio próximo para o lazer e a recreação.

Tudo acertado. Os planos delineados a contento; alegria geral com a fraternidade dominando o conjunto

Entretanto, no horário previsto, o ônibus que transportaria a caravana, por um descuido do motorista, toma caminho diverso do combinado, deixando Alexandre Ferreira, com seus dois filhos, a *ver navios* na esquina, por onde passaria o coletivo.

Já na estrada, os amigos, em trânsito, dão por falta do companheiro e seus familiares.

O pesar foi geral. Constrição entre os presentes. A dúvida se instala: Voltar ou não voltar?

Feita a tomada de opinião, retorna o coletivo ao local demarcado, gastando dilatados minutos no trânsito de retorno. Infrutífero o intento. O Ferreira já havia regressado ao lar, desapontado com o acontecido.

A caravana, embora desgostosa, retoma o caminho previsto. Algumas horas de recreação, de folguedos... Contudo, no íntimo dos companheiros, o mal-estar instalara-se.

À tardinha, revela-nos o narrador atencioso, regressa o comboio fraterno e, antes de dispersar os amigos para seus lares, num desejo geral, procuram o Ferreira para as retratações naturais.

Porém, o ambiente mental do Ferreira revolvia irritação velada. Dizia-se aborrecido, mostrava-se renegado pelo grupo, com os filhos fazendo coro no linguajar, decepcionados. Vez por outra, a esposa, contrariada, aduzia palavras de agastamento, enquanto a caravana, desapontada, chegava mesmo a deplorar o passeio planejado com fins recreativos.

Após as descrições e minudências sobre o assunto, com características do trivial na esfera dos encarnados, ousei indagar com certa curiosidade:

— Afinal, por que tais dificuldades? Não teria sido fácil ao querido Amigo agilizar auxílio mental, favorecendo lembranças para que tudo corresse a contento? Ninguém seria esquecido, a caravana completa alcançaria refazimento justo e não haveria agastamentos, nem decepções.

— Mas não nos furtamos de trazer o auxílio exato no momento justo.

— Como?

— Por nossa própria influência Ferreira foi deixado na espera... Inspiramos o chofer a outro trânsito e os amigos presentes ao lapso de memória. E quando pressentimos a intenção do grupo de retornar para encontrar Ferreira, apressamo-nos a induzi-lo ao regresso ao lar.

— Mas que é isto? – indaguei mais curioso. E a explicação não tardou.

— É que nosso amigo, com desequilíbrios orgânicos, seria acometido de insolação nos folguedos ao ar livre. Sem recursos próximos, que lhe facilitasse a reanimação de suas forças, comprometeria o futuro de sua saúde.

— Ah! Entendi, quer dizer que a ação funcionou a tempo. Folgo em saber que o auxílio chegou na hora.

— Bem, bem – acrescentou Fagundes, o benfeitor solícito – de nossa parte tudo saiu a contento, segundo os créditos-horas do servidor espírita, tal qual se evidencia o Ferreira. Mas...

— Como assim? Algum problema no auxílio?

— De fato, evitamos o contratempo no passeio, mas não pudemos livrar o Ferreira de certos comprometimentos graves, com ação no fígado e sistema nervoso.

E ante meu espanto, acrescentou:

— Problemas da irritação, meu caro. A zanga é micróbio perigoso, é vírus de difícil combate na esfera física, disseminando abatimento e morte. Não foi sem motivo que Jesus afirmou ser a Terra herança para os brandos e os pacíficos.

Indicações para estudo
Enfoque: A invigilância e suas consequências.
LE – pergs. 525, 525a e 526.
ESE – Cap. IX, item 9.

APRENDIZADO NO GRUPO

ALGUNS COMPANHEIROS entregavam-se à prosa fraterna no recinto acolhedor. Eram amigos e irmãos de ideal e fé, colaboradores do serviço assistencial na Instituição Espírita. Chamou-nos a atenção o modo lúcido e harmonioso com que traziam à baila assuntos momentosos do cotidiano terrestre. Não iam muito longe os festejos de fim de ano. Relembravam ali inúmeras alegrias cristãs recolhidas no ano findo, rememorando lances abençoados de auxílio aos desvalidos no trabalho assistencial desenvolvido pelo núcleo, em honra e louvor de Nosso Senhor Jesus Cristo.

Um relacionava a bondade com que corações caridosos acataram pedidos de cooperação para que se distribuíssem gêneros alimentícios. Outro falava da presença de mãos diligentes, transformando retalhos e roupas em desuso naquelas peças de vestuário que tanta proteção prodigalizava a crianças e viúvas, além de velhinhos em desamparo. Houve quem se reportasse aos brinquedinhos que o Natal no mundo tem honorificado com louvor a Jesus Menino nas alegrias que traduzem junto à infância, esperança do futuro.

Dádivas e contribuições, participação e calor humano, solidariedade e comparecimento foram evocados com merecido realce, dando-se ênfase à caridade cristã tão difundida no movimento espírita brasileiro, sem qualquer desdouro das insuspeitáveis e tradicionais Casas de Caridade mantidas pelos diversos grupos religiosos na Pátria do Evangelho.

Mas como de metro a metro a estrada em que transitamos ganha paisagens diferentes, de palavra em palavra a conversação tomou rumo novo. Reportando-se aos cifrões que representavam o montante do auxílio, em breve tempo o grupo estava com as antenas ligadas noutras faixas vibratórias.

Entraram a comentar o dia a dia, a carestia do mundo, as dificuldades financeiras, olvidando mesmo as criaturas tão sofridas sobre as quais se referiram minutos antes, de corações e mentes ligados na tarefa de Jesus. Um falou com certa aspereza:

— O nosso governo, hein! Êta administração difícil!

— Sim, é mesmo – falou o outro. – O que os homens lá em cima andam fazendo?

— Será que eles comem como a gente para saber o preço do feijão, do arroz, da carne e do leite?

Em poucos segundos, como moscas varejeiras que descobrem lixo e podridão, cinco entidades de nível inferior, ensombradas e enfermiças, deram entrada no ambiente, como que atraídas por baterias invisíveis, mas de grande força e poder.

Assustei-me, não nego, pois afinal estávamos no interior de um templo com defensivas naturais. Contudo, o Mentor Espiritual que nos atendia acalmou-me:

— Tranquilidade, irmão, vamos facilitar a entrada dessas entidades menos felizes, para ampliar quadros de estudo e advertência.

Asserenei-me de certa forma. Os irmãos encarnados nem se aperceberam da mudança vibratória no ambiente, tão empenhados estavam em acrescentar críticas desabonadoras à crise social. Esqueceram-se do mundo de provas e expiações em que todos vivemos. Olvidaram programas reencarnatórios trazidos para a Terra. Silenciaram conhecimentos doutrinários acerca da cooperação fraterna em favor da paz no mundo e entraram a deitar lenha na fogueira na falação desenfreada.

— Lá vem a tal da corrupção – falou mais outro, já assessorado pelos visitantes das sombras.

— É isso. São ladrões, um bando de ladrões, isto sim! Tiram dos pobres. Nós somos os pobres, os coitadinhos que nada temos – falou com força o mais idoso do grupo.

— E não é só isso – acrescentou o mais falante. – O que nos sobra em cada mês? Nada! Bem que eu gostaria de contribuir melhor para o nosso Grupo. Mas só possuo migalhas.

De olhos quase esbugalhados e espumante um outro acrescentou:

— Melhor seria cair uma bomba atômica em cima de tudo isso e levar pelos ares essa joça de país.

O companheiro ao seu lado, em gestos largos, agitou mais:

— É isso aí, é isso aí, uma bomba! Uma Nagasaki ou Hiroshima com os da cúpula recebendo tudo na cabeça.

— A pobreza que se cuide, falou o mais velho. Esse mundo é dos ricaços. Quem tem é que pode.

Um clima de ansiedade e nervosismo dominou o papo, agora esquecidos da Doutrina de Jesus, do Evangelho. O suor abundante dominava o mais falante.

— E sabe do que mais? Podia era dar uma doença ruim

na goela desses mentirosos da política, que prometem mundos e fundos. Vocês votaram? Eu sei que botei meu voto fora... Vai ser tudo uma falsidade só.

Com ar de quase demência, o velhote do grupo gesticulou, pondo os bolsos para fora da calça:

— Olha o que eu tenho, nada, nada. E agora! Pôr comida em casa não é fácil, acho bom é morrer de uma vez.

É-me quase impossível descrever o grupo sem grande constrangimento para o meu respeito fraterno ante os irmãos encarnados. A adjetivação vernácula se faria vulgaríssima neste instante.

Decorrido algum tempo, percebi nosso Mentor em atitude mental socorrista. Em poucos instantes deu entrada no recinto a médium da Casa, com expressão de tranquilidade e segurança.

— Olá, amigos – foi falando enquanto depunha a um canto pequena cesta com contribuição para a assistência social. – Demorei-me um pouco em virtude de atendimento à enfermidade no lar de um de nossos companheiros.

Qual se um choque de profundas consequências se abatesse sobre o grupo, as entidades sofredoras ganharam presto a rua, apavoradas e escorregadias.

Os irmãos que conversavam assemelhavam-se a dementes reunidos após tratamento de choque. Entreolharam-se meio abobados e, porque não dizer, com certo ar de espanto, qual se pudessem se enxergar num relance retrospectivo. Pigarrearam, ajeitaram-se e um deles falou, saindo de reconhecido sufoco:

— É... é... a irmã chegou um pouquinho atrasada, mas é natural.

— Estávamos aqui aproveitando o tempinho – acrescentou o velhote .

— Pois é, amigos – aduziu a dama com serenidade e segurança – vamos para nossa reunião de prece em favor do Núcleo. Os Mentores já nos antecederam.

Entreolhando-se, mutuamente, os interlocutores buscaram tomar os lugares de costume.

A médium, em instantes, tranquila na oração, pediu fervorosa:

— Senhor e Mestre, inspira-nos o melhor para o nosso Grupo e para nossas tarefas, para o nosso ânimo e para nossas aspirações, para nosso ideal e nossos compromissos com o Bem, para o nosso companheirismo e nossas tarefas no lar, para nossa participação em sociedade e para nosso trabalho do ganha pão, para nossa vivência diária e para nosso relacionamento de uns para com os outros. Enfim, Jesus – concluiu a comovida oração –, ensina-nos a viver melhor pela paz em nossos corações e pela paz no mundo.

Após a prece, em que a luz dos Cimos banhou o grupo com safirinas nuanças, o irmão mais velho foi convocado a abrir o Evangelho, trazendo a todos a mensagem do Mais Alto. Com voz pausada e firme, leu o ensinamento, emocionando-se, envergonhado:

— *Não vos afadigueis pela posse do ouro ...*

Indicações para estudo
Enfoque: Influência oculta dos Espíritos em nossos
pensamentos e atos. A invigilância.
LE – pergs. 467 e 468.
ESE – Cap. XVIII, item 9.

A PROMESSA

RUFINO MATIAS alinhava comentários entre seus companheiros de Espiritismo acerca do sacrifício mais agradável a Deus.

Trazia, com ênfase, o texto evangélico à consideração do grupo fraterno, tecendo relevantes comentários em torno da renúncia, como notável força propulsora da criatura, rumo aos planos superiores da elevação espiritual.

Neste exato momento, ouve-se, provindo do exterior da via pública, cânticos litúrgicos indicando que companheiros da fé católica por ali transitavam em procissão celebrativa de santo de sua devoção.

Bem à frente, puxando a ladainha na via pública, destacava-se D. Corina, sogra de Rufino, católica romana de muitos méritos no coração, que transportava consigo, vela de dimensões agigantadas, 1,60m talvez, a chamar, de certo modo, a atenção dos transeuntes.

Não foi difícil aos companheiros das lides espíritas, próximos à janela da Instituição, observar o quadro que, de certo modo, transtornava o Rufino, exibindo, agora, o rosto enrubescido, envergonhado, talvez. Percebendo os olhares trocados no grupinho íntimo, Rufino pigarreia e acrescenta:

— Pois é, pois é, minha sogra é renitente em seu ponto de vista. Há 13 anos, se não me falha a memória, repete esta cena que eu deploro veementemente.

E, como desejasse explicar-se melhor aos amigos do coração, prosseguiu:

— O pior é que se trata de promessa em meu favor, diz ela. Quando aquela minha úlcera exacerbou o quadro clínico com visíveis sintomas de tumor maligno, minha sogra fez promessa a um santo – sei lá qual foi – de transportar cada ano, nesta data, uma vela que lhe correspondesse a estatura física... E sai por aí, queimando espermacete pela rua, nesta cantoria que vocês observam, sem que nisto esteja minha aprovação. Já lhe expliquei várias vezes que reservasse o dinheiro da vela e comprasse pão para os famintos. Tanta gente com fome e minha estimada sogrinha a derreter os cruzeiros* por aí, sem prestar atenção à dor do próximo. Acho tudo muito absurdo.

E como o grupo se mantivesse em respeitoso silêncio, sem emitir opinião, Rufino foi dando trela aos seus arrazoados, aproveitando para falar da caridade cristã, do amor ao semelhante.

Nisto surge um representante da mocidade da Instituição, interrompendo, delicadamente, o assunto, para lembrar ao Rufino a mensalidade do Centro, já alguns meses em atraso.

— Sim, sim – gaguejou o Matias, tateando os bolsos. –

---

* - Página psicografada em 18.03.1978

Agora não tenho trocado. Cobre-me depois, mas já sabe, hein?! Cobrança mesmo!

Enquanto o moço se retirava cabisbaixo, Rufino deu de olhos em D. Clarinda, que participava, desde o início, da conversa franca, e com um tapa suave na própria testa, exclamou:

— Ah! minha memória, irmã Clarinda. Você não me tem solicitado, há muitos meses, a contribuição para a *Campanha do Quilo...*, esquecidinha, hein?...

— Não se trata disto – atalhou a anciã atenciosa. – Por várias vezes você nunca tinha trocado no bolso, que eu o julguei em dificuldades financeiras e venho adiando sua contribuição para nossos pobres.

— Não é nada disso, nada mesmo...

— E você, Manoel Fernandes, dirigindo-se a simpático ancião à sua direita, também não me cobrou mais o donativo para as obras de reconstrução do nosso Centro. Andam fartos, não é mesmo?...

— Qual nada, Rufino, você não reparou que paramos a obra por falta de fundos?

— Mas que houve? – indagou o Matias, intrigado.

— Fico acanhado de abordá-lo todo dia. Você sempre esquece a carteira em casa...

— Ora, ora, meus amigos, mas o que é isso? Pelo que vejo, D. Amália, aqui conosco, também pelo mesmo motivo já não vem recolhendo meus cruzeiros para a Campanha dos Enxovais...

— Exatamente, Rufino – atalhou D. Amália, veterana da Instituição a quem estavam afetas as tarefas junto à infância desvalida, – por isto mesmo não lhe cobro mais o donativo para a construção do albergue, nem recolho sua contribuição para o leite de nossos recém-nascidos. Você sempre deixa para depois... depois. Na minha ficha estão marcados cinco anos de sua ausência nos donativos.

— Mas não diga isto! Como o tempo corre sem nos apercebermos – esclareceu Matias, meio sem graça.

E como a hora convidasse à meditação e à prece, os companheiros ajuntaram-se a outros irmãos na sala para principiarem o encontro de toda semana com o plano espiritual.

Simeão, o benfeitor da Casa, finda alocução de alertamento, fez referência às intenções dos sacrifícios e ex-votos que muitas vezes comovem sobremaneira os Planos Superiores da Vida, a ponto de enviarem Mensageiros de Cima ao exame de merecimentos e reajustes dos envolvidos nas promessas e pedidos penitentes.

Rufino, mal se contendo, ponderou gravemente:

— Mas, querido Simeão, há valores neste ofertório, mesmo à revelia de nossa vontade, como no meu caso comentado aqui, não faz muito, com meus companheiros de doutrina?

— Bem, bem – reticenciou Simeão. – Se penetrarmos no âmago do propósito, podemos dizer que os méritos estão nos benefícios por trás das velas.

— Como assim?

— Sua sogra, meu filho, vem permutando, anualmente, uma vela por alguns cruzeiros que saem realmente de seu bolso, para agremiação católica de amparo a necessitados. De fato, os pingos de cera caem pela rua em fora, como se fossem lágrimas de dor, em pranto silencioso...

— Mas, benfeitor!...

— É isto, meu filho, é como se chorasse o tremendo desapontamento de outros cruzeirinhos, trancafiados em seu cofre forte, aumentando sempre, sem que você se recorde de amenizar, com sua contribuição singela neste recinto, que lhe recolhe as orações, os donativos indispensáveis aos irmãos em luta e sofrimento.

Quase a chorar, Rufino falou engasgado:

REPORTAGENS DA VIDA | 101

— Benfeitor, benfeitor, aqui, diante de todos, pensando seriamente nas contribuições que devo e necessito resgatar, farei uma promessa...

— Ah! Ah! Nada disso, nada de promessas, – interveio Simeão, bondoso. – Consideramos útil a renúncia de sua sogra, lá onde se encontra, na abençoada esfera de experiências onde traz seu coração. Estamos num Núcleo Espírita, meu caro, onde não precisamos prometer nada a ninguém. Aqui não há promessas, deve haver, isto sim, noção de responsabilidade e dever, para que cada um cuide de si mesmo, no edifício de suas construções íntimas, sem prestação de contas a ninguém, senão à própria consciência.

A reunião encerrou-se minutos após, com a prece habitual de louvor a Jesus.

Indicações para estudo
Enfoque: A fé e as obras.
LE – perg. 1018.
ESE – Cap. XVI, item 14.

Censura livre

COMENTÁVAMOS EM grupo a lição evangélica que trata das bem-aventuranças, distendidas ao mundo pelo Excelso Amigo, nas admoestações do Monte, quando velho companheiro, acostumado às lides da Terra em suas andanças de benfeitor nos arraiais espíritas, surpreendeu-nos com interessante relato. Os comentários fluíam com sabor de ensinamento auspicioso. Expressava-se com clareza, trazendo sua experiência. Não fazia muito estivera em visita a Instituições Espíritas na crosta, providenciando inspiração em lembrança de tarefas a vários lidadores da Doutrina, percebendo em muitas Casas o clima perigoso de ociosidade e de estagnação. Interessando-se, com desvelo, pelos companheiros encarnados, compareceu a uma reunião, em cuja assembleia vários assuntos do Movimento seriam discutidos.

Como, na verdade, muito pouco em realizações poderiam apresentar, logo, a conversação iniciada à luz da prece, descambou para comentários irrelevantes e facciosos. Reportaram-se, com facilidade, a outra oficina cristã, que não estava ali representada, e que todos conhecíamos bastante, como próspera e dinâmica no Bem, com referências quase injuriosas. Faço aqui minhas as palavras do narrador:

— Vejam só, ajuntaram-se naquela Casa um bando de ricaços reencarnados que despejam rios de dinheiro na Instituição.

— É isso – falou outro – gastam os tubos com assistência social, mas o negócio é se mostrarem.

— Mas depois vão cair no desencanto – ajuntou ancião de voz pausada.

— Parece até que competem no Bem! Para que isto? Fazem festas, muitas festas. Só pensam em festas. O negócio é dinheiro.

— Hum, temos visto tanta obra cair por dinheiro – acrescentou um jovem eufórico, pondo lenha na fogueira dos comentários.

— Ali tudo reluz, parece até reencarnação de fidalgos romanos. Será que o Mestre se compraz com essas coisas?

— O tal do médium faz-se de bonito. Em vez de produzir mais, fica a inventar providências fúteis para gastar o tempo. E o pior é que todos vão atrás do moço. Quanta incúria!

Nós que já nos apercebíamos a que obra espírita bem conceituada os falantes ociosos se referiam, ficamos intrigados com a narrativa do amigo benfeitor e o interrompemos:

— E não lhe foi possível acionar dispositivos vibratórios para mudar o rumo da conversa? – Indaguei.

— Poderia, mas não achei conveniente. Todos temos na vida liberdade de ação e de observação. Bem-aventurados os que têm limpo o coração, porque os olhos, espelhos d'alma, estarão tão polidos como cristal à luz. Todos podemos enxergar as coisas por nosso prisma ótico e semear a palavra como nos convém.

E disse-nos mais:

— Na observação em pauta pude analisar irmãos ociosos comentando indevidamente a seara alheia. Desceram a minúcias. Duvidaram dos conteúdos doutrinários da obra. Teceram aleives aos trabalhadores dignos e esforçados, numa tremenda ausência de fraternidade.

— Sim?! – meneei a cabeça.

— A censura aqui é livre, meu caro. Maledicência andando às soltas dá nisso.

— E os companheiros da obra benemérita não receberiam essas vibrações nefastas?

— Nada disso, meu amigo, estão de tal modo ocupados em trabalhar e produzir para Jesus e Kardec que nem de leve suspeitam desses acontecimentos. Mais afanosos dia a dia estão a merecer mais apoio e mais estímulo do Grande Além. Caminham de velas enfunadas de otimismo e ideal no mar encapelado da vida. Realizam, realizam.

— E os demais companheiros, os líderes falantes da livre censura?

— Estão por aí, cada um na sua. Mas, o fato é que, se somos livres no censurar, ficamos condenados a sobreviver do que realizamos.

— Quer dizer...

— Quero dizer que, amanhã, muita censura com pouco trabalho haverá de deixar muita gente com fome e sede espirituais e de mãos vazias...

Enquanto alguns de nós expressavam, em meia voz, preocupações com certos confrades reencarnados, sem melhor folha de rendimento, fico a recordar a validade do ensino do Evangelho, acerca da fé sem obras.

Quem tiver ouvidos de ouvir e olhos de ver, que se cuide.

Indicações para estudo
Enfoque: A invigilância e a fé sem obras.
LE – perg. 679.
ESE – Cap. X, itens 9 e 13.

No reinado de Momo

A MADRUGADA principiava a sorrir, espantando a noite, quando três entidades sombrias de regiões umbralinas conversavam na esquina da via pública, arrematando planejamento animado que, pelo visto, já durava muitas horas.

— Agora, mãos à obra. Anotados os detalhes da façanha não haverá possibilidades de falharmos. Estejamos atentos. A época do carnaval favorece-nos a empresa. Há anos espero tal oportunidade... – completou um deles, dardejando ódio no olhar a transparecer no semblante sombrio e animalizado.

— Como descobriste a desgraçada, depois de tanto tempo? A notar pelas aparências...

— Sim, sim, houve dificuldades. O disfarce que usa impediu-me de imediato o seu reconhecimento. Mas a voz e as atitudes m'a identificaram, quando passava pela esquina do mercado. Após certa observação não tive dúvidas, era ela mesma. Abandonou-me no suicídio para entregar-se a outros homens. Agora, vingança... vingança... Encontrei-a, afinal. E vocês me ajudarão?

— Como não, amigo! Aqui estamos. Mas ser-nos-á difícil atraí-la para a multidão carnavalesca. Há dias que mantemos a vigilância prometida e a infeliz não faz outro trânsito senão para o trabalho ou para aquele infernal Centro Espírita, que não nos permite a entrada.

*

Convidados por amigo de Mais Alto, prosseguimos disfarçados no anonimato, observando o estranho grupo para colher lição oportuna.

Planejavam a eliminação por vingança de jovem espírita da localidade, dedicada ao labor cristão, no esforço natural de aprimoramento. Instruído nos detalhes pelo Mentor que nos assessorava, vimos a saber que o ódio presente tinha raízes em encarnação passada, na França, em fins do século XIX, envolvendo as principais personagens sob nossas vistas há quase dois meses.

Convidados a participar do socorro urgente, inteirar-nos de toda a trama não nos foi difícil em dois dias de minuciosa observação.

E prosseguimos estupefatos, ouvindo as argumentações finais.

— Você – falou o verdugo das sombras, apontando para o terceiro grupo – se encarregará de trazê-la às ruas, por ocasião dos festejos carnavalescos. Será fácil. Induze-a mentalmente a assistir aos préstitos momescos, dos blocos coloridos. Imponha-lhe o raciocínio de inocente observação dos foliões.

— Mas como penetrar-lhe a muralha mental? Não disponho de recursos sobre a presa.

— Muito fácil, já providenciei. Faremos um bloco dementado de humanos passar em algazarra tal que lhe chame a atenção, trazendo-a à janela. E depois deste primeiro passo o resto será fácil. O pior eu farei. A primeira espiadinha... — Muito bem! Muito bem!

— E minha realização já está a caminho, falou o segundo. Já escolhi o tipo que se sintoniza comigo. Identificação perfeita. Descobri-o no bar do mercado e já tomamos bons goles, planejando a folia. Na hora exata já estará com o bucho empapado de álcool e sob meu controle. Tipo vigoroso será eficiente instrumentação.

— Ótimo! Ótimo! Falou o primeiro, com palmadinhas nos ombros dos companheiros. Convidaremos Stela a descer à rua e olhar o carnaval... um pulinho à esquina... uma olhadinha na avenida... e então o nosso folião surgirá carregando-a de roldão na folia. Forçaremos-lhe o apetite animal e o auxiliaremos a encontrar o local discreto onde o crime se dará. Eu mesmo desejaria espremer-lhe a garganta frágil, com meus próprios dedos. Estarei vingado... Estarei vingado... e despediu-se do grupo às gargalhadas, cambaleando, e desapareceu na via pública, que já mostrava o aspecto da cidade que desperta.

*

Permanecemos a postos na vigilância, ao lado do benfeitor espiritual.

Na chamada *terça-feira gorda* do carnaval, tudo aconteceu segundo planejamento das trevas. Apesar de nossas insinuações mentais para que a jovem Stelita, a nossa Stela, permanecesse ligada à leitura de obra espírita, mas, oh! sagrados laços da lei a ligar corações na experiência da vida. Desprendendo-se de nossa ajuda direta, a nossa jovem alcançou a janela e daí a instantes, caminhava junto à multidão, incapaz de pressentir a tragédia próxima a desabar sobre si mesma...

Assustado, eu mesmo vi que, preocupado, o benfeitor deixou-nos, como a movimentar socorro para nossa delicada menina, colaboradora bondosa nos serviços assistenciais da Casa Espírita.

Pensei, por minutos: – Será que a justiça de Deus não agirá em favor de Stelita? Oh! Senhor... – e balbuciei pequena oração na embaraçosa situação em que me encontrava.

Daí a instantes, os gritos angustiados da jovem, nos braços robustos do folião anônimo, eram abafados pela gritaria momesca dos carnavalescos.

O obelisco próximo apareceu por agradável refúgio.

Quando contemplávamos nossa jovem arrastada para o martírio, sem sabermos o que fazer, percebi, por detrás das sombras, o aceno agradável do benfeitor, que nos antecedera à chegada.

Logo que o bandido mascarado, auxiliado por forças cruéis das trevas espirituais, intentava concluir seu plano terrível, contendo os gritos de socorro da jovem a desfalecer, surge um vulto encarnado, envolto em rotas vestimentas, auxiliado por forças do Bem a gritar:

– Que se passa, que é isto, solte-a bandido! – Gritos, murros e a fuga precipitada do desvairado a misturar-se adiante no carnaval popular.

E abaixando-se para completar o socorro à moça desfalecida, trazendo-a à meia luz de iluminação fraca, vindo de casa próxima, o miserável pedinte, que fazia ali o seu ponto de repouso noturno, não conteve a exclamação:

– D. Stelita, D. Stelita! A moça do Centro que me traz socorro toda semana, meu Deus!

*

Auxiliada por nossas vibrações, processou-se o trânsito

normal de fazer nossa assistida retornar ao seu lar, entre atemorizada e agradecida ao Criador.

Quanto ao perseguidor das trevas, retido por sentinelas espirituais, sofreu grande impacto vibratório, registrando na tela mental o quadro falso de assassínio de sua tresloucada cúmplice do passado, enlouquecendo de dor, ali mesmo. Internou-se nas acusações íntimas, que lhe trarão sérios infortúnios por alguns anos.

Não fosse a ação da Misericórdia Divina, na *quarta-feira de cinzas*, as manchetes dos jornais de agitada metrópole brasileira, por certo, registrariam novo homicídio.

Indicações para estudo
Enfoque: A prática do bem na defesa contra o mal.
LE – pergs. 642 e 643.
ESE – Cap. XII, item 6.

20

CENA DA VIDA

O JOVEM Belmiro fazia seu trânsito habitual para o trabalho diário.

A manhã estava fresca. O sol prometia guardar, com calor, as horas disponíveis sob sua sentinela luminosa.

Belmiro, ao volante de seu táxi, fazia plano para a possível féria a ser conquistada nos momentos úteis do trabalho. Dobrando a esquina adiante, freia sua viatura agitado. Acabava de presenciar um atropelamento.

Uma kombi , em alta velocidade, corta-lhe a dianteira na curva obrigatória, entrando desgovernada na avenida quase deserta, nas horas da manhã, e colhera um jovem colegial que caminhava despreocupado rumo à escola.

O atropelante foge, sem socorrer a vítima. Belmiro estanca seu carro e corre para atender o pequeno, que mais se assemelhava a avezinha implume arquejante, numa poça de sangue.

Em fração de minutos acomoda o pequeno agonizante no banco traseiro e busca desesperado o Hospital mais próximo.

O médico do plantão noturno deixava seu posto entregando ao facultativo substituto as responsabilidades do atendimento

O plantonista, ajeitando a roupagem alva e esterilizada, exibindo, ainda, os vincos e dobras bem marcados, ouve mal humorado os apelos de Belmiro.

— Tem a guia do Instituto?

— Não, doutor, eu... eu...

— Sem esta providência, nada podemos fazer.

— Mas, doutor eu... – gaguejou nervoso o jovem prestativo.

— Nada de mais conversa. Se não tem Instituto, acerte na portaria a caução exigida pela Casa. Estamos cansados de falcatruas.

— Mas, doutor, ainda não tenho nada... ia iniciando meu percurso para o trabalho quando...

— Já sei, já sei, noite mal dormida, farras, desatenção, atropela um transeunte e quer nosso milagre salvando-lhe a vítima. Entendo que não deseja complicação com a polícia.

— Nada disso doutor, eu... não... deixe-me explicar-lhe, por favor.

— Chega de conversa rapaz, vá andando. Dê andamento às providências e depois matricule sua vítima para nosso atendimento.

Belmiro desesperou-se. Quis falar, argumentar, porém o pranto represado embargava-lhe a voz na garganta trêmula.

Recordou o acidente, a criança infeliz, a urgência dos socorros e bateu em retirada planejando algo.

Com a cooperação de um enfermeiro, meio desconfiado, conseguiu que o pequenino ficasse sobre a maca, abandonado no *hall* de entrada, junto à portaria, deixando, à guisa de responsabilidade, seus documentos pessoais, prometendo voltar em breve.

Porejando suor pastoso por todo o corpo, cruzou as ruas desesperado.

Tomou em casa os trocados que reservava para as despesas da feira, solicitou ajuda de alguns amigos do ponto de táxi, recolhendo, sofregamente, os cruzeiros que pingavam.

Tremia-lhe o corpo. Queimava-lhe a mente. Já quase não podia repetir os fatos à cada solicitação feita em nome da ajuda financeira.

Febricitava, nervoso e aturdido.

Perto de uma hora depois voltava ao Hospital.

Conseguira a quantia exigida.

Faz o depósito.

Pediu pressa no atendimento.

Imagina como avisar os familiares da criança desconhecida.

Voltou a pedir urgência aos enfermeiros que conversavam pilhérias a um canto da porta principal.

A pequena vítima, coberta com alvo lençol, é conduzida à sala cirúrgica.

A maca desliza sob o piso marmóreo rangendo nas rodas de borracha.

Belmiro entontece, observando as manchas sanguinolentas que bordavam de contornos vermelho vivo a brancura do linho engomado.

Senta-se num banco, cabeça entre as mãos, entregando-se à prece entrecortada de apreensões.

Adentrando a sala o corpinho inerte, à ordem do facultativo, é preparado para a cirurgia de emergência.

Fratura de crânio.

Contudo, de fora, Belmiro consegue ouvir a voz rouca do enfermeiro auxiliar, alertando:

— Nada mais a ser feito, doutor. Já não há vida a ser preservada. A criança está morta.

O médico que acabava de calçar as luvas cirúrgicas, movimentando os dedos ágeis, para que a borracha melhor se lhe aderisse às mãos tituladas pela medicina, volta-se surpreso:

— Como?

E aproxima-se da mesa cirúrgica, contudo, máscara de espanto e dor ajusta-se-lhe à face num ríctus de angústia. Um grito de desespero e agonia, cambaleia em prantos.

É que acabara de reconhecer entre os escombros de carnes traumatizadas e ossos sanguinolentos, donde a vida há pouco escapara, o próprio filho caçula que naquela manhã afagara na saída para suas tarefas e responsabilidades de cirurgião conceituado.

Indicações para estudo
Enfoque: O amor ao próximo.
LE – perg. 893.
ESE – Cap. XI, item 4.

O PRECIOSO ENSINO

BUSCAMOS A residência de Abelardo Guerra, naquela noite, como de hábito, para levar-lhe apoio espiritual em forma de assistência fraterna.

Conhecemos o Abelardo noutra época, comparecendo com exemplar assiduidade às reuniões espíritas e não nos retraímos em participar da equipe socorrista convocada a auxiliá-lo na hora da crise. Encontramo-lo reclinado no leito à espera de sono esquivo, retendo angústias inenarráveis a se exibirem na atmosfera sombria que lhe emoldurava o semblante.

Findo os serviços do passe para desdobramento, o irmão Guerra, quase de imediato, viu-se afastado da carcaça física, agora chumbada à própria cama, estabelecendo benéfico diálogo com o dedicado diretor de nosso grupo assistencial.

— Como veem, amigos, continuo definhando, definhando. Pressinto que a fé se esvazia de meu coração à feição de líquido precioso retido em tonel furado. Sou espírita há quinze anos e frequento com regularidade as reuniões do templo a

118 | JÚLIO CEZAR GRANDI RIBEIRO / O REPÓRTER

que me encontro presentemente filiado. Entretanto... — e suspirou quase num soluço —, sinto falta de fé dentro de mim. Deus se me afigura distante e indiferente às minhas dores. - Como pode ser isto? Não valem as manifestações religiosas nas disciplinas do culto?

À pausa natural, o Emissário bondoso tomou o verbo expressivo e enlaçando, carinhosamente, Abelardo de encontro ao peito, passou a considerar:

— É certo, meu filho, que abraçaste a Doutrina Espírita com entusiasmo e devoção. Todavia, partilhar o Culto da prece no reduto acolhedor da Casa de Oração não é apenas dar presença física como aluno assíduo. Há funcionários pontuais nos estabelecimentos terrestres, com fichas de ponto imaculadas por quaisquer apontamentos faltosos, mas que nada trazem de especial na ficha de produção. Dar presença não significa tomar parte.

Ante o olhar tristonho, embora indagador, de Abelardo Guerra, o amigo espiritual prosseguiu afável:

— Numa assembleia constituída para o benefício comum da instrução evangelizadora e da prece ao Altíssimo, recebemos na medida de nossas doações. Já atentaste para tua participação, via de regra, no total de teus comparecimentos ao Templo Espírita? Quando muitos dizem Pai Nosso..., mentalizas egoisticamente teu reduto familiar. Quando alguns nomeiam enfermos nos transes da dor, monologas irreverente: livra os meus destas amarguras. Quando os comentários são incisivos neste ou naquele lembrete, refletes, silencioso: - Que pena meu amigo fulano não ouvir estas coisas. Reflita, estimado Guerra. Não tens participado de uma reunião como quem deseja doar para merecer. Tens caminhado nestes três lustros, em idas e vindas ao reduto espírita, como quem vai à fonte, sem qualquer preocupação de defendê-la ou preservá-la da seca. Com isto teu alforje, roto, já não consegue fixar a linfa preciosa da advertência que é para todos. Como acontece contigo, muitos adeptos do Espiritismo se apresentam ainda agora de corações vazios e espíritos famintos. Passes e passes com uso de água fluidificada representam curativos benéficos em nossas dores, reclamando, porém, a ingestão do preservativo eficaz que é o conhecimento com responsabilidade.

Abelardo Guerra, ouvia estarrecido e trêmulo.

— Observa a criança incauta que deixa o ambulatório médico para entregar-se aos folguedos nos campos contaminados. Muitos fazem assim, comparecem aos recintos da oração, beneficiam-se do passe, da água medicamentosa, para, em seguida, enlamear-se no cotidiano do indiferentismo, esquecendo os lembretes amigos, ditados em nome de Jesus, em favor de todos nós. Considera, meu caro, que nestes quinze anos de vida espírita teus passos vacilantes apenas ensaiaram a verdadeira caminhada para o esclarecimento superior.

Experimenta mudar de agora em diante.

Matricula-te na fé operante.

Participa efetivamente das reuniões espíritas.

Ouve e medita.

Aprende e viva.

Renova-te e segue adiante.

Espiritismo observado unicamente é oásis de luz nas sombras da Terra. Mas vivido intensamente como esforço de transformação para melhor é permanência abençoada em cidadela de fé e de otimismo policiado pelo bom-senso.

E enquanto Abelardo-espírito era suavemente devolvido ao leito, em branda hipnose de refazimento, buscando aconchegar-se ao corpo arfante, o benfeitor amigo repetia-lhe com ênfase:

— Estuda... Estuda e medita. Espiritismo é também reflexão interior...

Mal despertando, e ajeitando-se sob as colchas bordadas, como a recordar sonho precioso e inesquecível, Abelardo pôs-se de pé, acendeu lépido a luz do quarto, bisbilhotou com sofreguidão uma estante apinhada de livros e retornou ao leito, soprando a poeira de um volume há muito esquecido na prateleira.

Era um exemplar de *O Evangelho segundo o Espiritismo* que entrou a ler, com sabor de auspiciosa novidade.

Indicações para estudo.
Enfoque: O estudo e a prática
da Doutrina Espírita.
LE – Conclusão, item VIII.
ESE – Cap. XVIII, item 9.

IV
REENCARNAÇÃO E JUSTIÇA DIVINA

22

SALDANDO DÉBITOS

PIRATININGA FLORESCIA como um canteiro de lírios na ambiência agreste da terra em colonização. A força de vontade e o devotamento de jesuítas missionários emprestava-lhe o brilho da fé e a alvinitência da esperança. Embora nem sempre fosse vista com bons olhos pelos senhores que se julgavam os mandatários dos sítios em desenvolvimento, crescia Piratininga, forjando consolo e arrimo para os nativos da colônia, para os pequeninos descendentes de europeus, nascidos no Brasil de antanho.

Naturalmente, divergências surgidas entre os índios e os portugueses mais exaltados tingiam o solo promissor, vez por outra, de sangue fratricida.

Recapitularam-se dramas do passado em perseguições descabidas; mapas de dívidas milenares foram recambiados para as estâncias espirituais nos céus do Brasil, diretoras da

Colônia em desenvolvimento.

*

Certa tarde, enquanto a cabeleira loura do sol delineava o horizonte por fio poderoso de lâmina gigantesca a decepar os raios de luz, forjando as trevas noturnas, subitamente, do pátio externo da Escola Aldeia Piratininga, o quadro sinistro foi vislumbrado por seus moradores atônitos, entre as orações da Ave Maria.

Pouco além, taba inteira de indígenas, convidados aos benefícios da civilização na catequese paciente de corações jesuítas, ardia entre chamas vigorosas, qual quadro dantesco entre as copas verdes da floresta tropical.

Pouco pôde ser feito em favor de crianças e velhos, além de mulheres nativas que pereceram barbaramente sob gritos de desespero sufocados na coluna negra de fumo, que se evolava por lúgubre aceno na noite que caía.

*

Revoltaram-se algumas tribos, embrenhando-se pela floresta virgem; amedrontaram-se outras, prostrando-se submissas à escravatura nefasta.

Apesar dos pedidos de justiça, em nome de Jesus, partidos dos sacerdotes missionários, o incidente foi esquecido sem qualquer registro nas páginas de nossa história, conquanto catalogado por mais uma das façanhas de brancos embriagados e ensandecidos.

Os registros espirituais, contudo, não se omitiram da cruel empresa.

Hoje, quase quinhentos anos após*, agruparam-se os responsáveis disfarçados noutras vestes carnais, após perambularem cada qual a seu turno por experiências valiosas nas redes reencarnatórias.

A afinidade os reaproxima na hora azada: movimento comercial, negócios, interesses em rever amigos, posto de serviço, são alguns dos impositivos traçados pela força do débito secular, trazendo-os de retorno para o reencontro decisivo.

*

Os jornais e televisão anunciam calamitoso incêndio. Perto de duas mil pessoas se agitam no frêmito do desespero.

O imenso e majestoso colosso de concreto e alvenaria é enlaçado pelas chamas quase num súbito avassalador.

Gritos, pavor, tortura, delíquio, abafam-se entre o crepitar das labaredas e o ruído da ação de bombeiros e populares acercando-se do local.

É quase uma população inteira a suplicar amparo para os encarcerados na masmorra de chamas.

Contudo, a grande Lei de Causa e Efeito responde, selecionando os que necessitavam do precioso instante para o reparo justo.

Hoje, no centro de importante metrópole brasileira, o assunto vai-se reduzindo boca em boca, fadado ao esquecimento isolado entre seus irmãos que a tecnologia edificou em favor da civilização.

Parece um dedo tingido de pavor, um dedo enlutado, afrontando os Céus, onde tudo se registra e se gra-

---

* Mensagem psicografada em 28.02.1972.

va nas rotinas da vida agitada do burgo, que se alteia em progresso.

Porém, lá permanece, ainda, o cadáver enegrecido do primor de arquitetura e para onde o tempo não passa sem que todo o equilíbrio se restabeleça em favor do equilíbrio e da paz futura a que a Terra se destina.

Indicações para estudo
Enfoque: Ação da Lei de Causa e Efeito – resgates coletivos.
LE – pergs. 859 e 859a.
ESE – Cap. V, item 6.

23

TRAGÉDIAS E RESGATES

NAQUELA NOITE brumosa, alguns líderes da milícia romana prosseguiram a reunião sigilosa nas dependências do *Circum*. Após as cenas fortes, vividas no espetáculo de gladiadores ferozes, mostravam-se, ainda, excitados pelo odor do sangue humano derramado na tarde do mesmo dia, quais feras demoníacas a farejar o instante de abater a presa incauta.

As vibrações nefastas do Supremo Chefe ensejava-lhes campo fácil à movimentação de planos tenebrosos. De fato, o próprio César desencadeara a perseguição aos seguidores do Carpinteiro de Nazaré e, já na semana anterior, a matança coletiva de cristãos indefesos fora espetáculo prazeroso nas diversões da *turba*. A esta altura, corações bajuladores imaginavam procedimentos mais bárbaros e cruéis de tortura humana à guisa de distração para a sociedade decadente e de estímulos à vaidade do Imperador. Assim, naquela tarde, as sombras da majestosa construção facilitavam o encontro sombrio onde cérebros enlouquecidos no ódio arquitetavam carnificina próxima. Um dos centuriões presentes, concluiu, após rápida exposição:

— Surpreenderemos os ratos na toca. Sabemos que muitos deles se reúnem em túmulos distantes, entoando louvores ao louco de Nazaré.

— Por certo – aduziu com voz rouquenha o oficial mais próximo, quase velado na armadura polida: – Não falharemos e... mais graças colheremos junto a César, com vistas às próximas promoções. Muitos deles serão colhidos de surpresa.

— Mas – aduziu um terceiro – nossos cárceres estão abarrotados desses cristãos, enquanto a chefia decide a melhor e mais agradável maneira de trucidá-los. É necessário que haja distração para o povo, ao lado da excitação coletiva que devemos desencadear contra esses covardes propagandistas do Jesus de Nazaré. Planejemos eliminá-los sem maiores problemas.

— Sim, sim, isto é certo – ponderou o primeiro – já pensamos até nos detalhes para a caçada eficiente. – E gargalhando desvairado, ante os companheiros de crime, prosseguiu:

— Solicitamos o concurso de nossas concubinas e prostitutas da soldadesca para o servicinho. Alguns braceletes e diademas já foram distribuídos, adornando-lhes a vaidade doentia, e ontem mesmo entraram em atividade. Vestidas de mulheres do povo misturaram-se ainda agora aos cristãos, convidando-os para reunião nas catacumbas, anunciando-lhes a presença de um peregrino com boas novas. Alguns deles amedrontados pelas últimas prisões afugentaram-se desses encontros noturnos, mas, diante da afirmativa de que voz estrangeira trará boas novas do tal carpinteiro, arregimentarão a presença de muitos dos que se escondem por aí.

Dias depois, envolvidos nas trevas noturnas de noite brumosa da Roma delinquente, quase uma centena de soldados romanos surpreendeu elevado número de cristãos: velhos, crianças e mulheres indefesas que, em cânticos de fé, aguardavam a chegada, ao recinto iluminado por tímidos archotes, do pregador que não viria...

A façanha criminosa foi das mais terríveis. Gritos lancinantes de mães desesperadas, de velhos moribundos e crianças perseguidas eram abafados pelo rumor desvairado da soldadesca alucinada. Acendendo fogueiras com ervas venenosas às portas dos túmulos, buscavam a asfixia coletiva do grupo reunido para o culto cristão. E os que conseguiam escapar da furna em chamas, tateando nas sombras entre síncopes de exaustão, eram mergulhados por mãos assassinas em grandes tinas d'água, ali depositadas para tal fim. Vibrando junto aos soldados na cena dantesca, as mulheres decaídas cuidavam de dar fim às crianças, por ser-lhes mais fácil dominá-las ante as águas mortíferas.

*

Quase dois mil anos depois*, a Lei e a Justiça Divina aproximaram aqueles centuriões, soldados e prostitutas em novas roupagens físicas pelos abençoados recursos reencarnatórios.

Em noite atormentada e fatídica, quando a fúria dos elementos desencadearia tragédia próxima, reuniram-se aqueles espíritos em débitos coletivos para experimentar morte por asfixia sob águas volumosas a destruir parte de uma das principais artérias rodoviárias do Brasil.

Casas humildes e coletivos em trânsito arrastados pelas águas, lama e lodo interpondo-se à vida de mulheres, crian-

---

* Página psicografada em 31.01.1967

ças, jovens e velhos. E na escuridão noturna, pouco poderia fazer a bravura e solidariedade humanas que tentassem atender aos gritos de socorro vindos da correnteza sinistra, nascida de hora para outra...

Salvos apenas aqueles que, em oportunidades outras, conquistaram, na reserva do amor e sofrimento, o resgate ante os débitos daquela noite distante da Roma turbulenta. Mais um capítulo da Lei de Causa e Efeito oferecido à meditação das criaturas humanas.

Indicações para estudo

Enfoque: A prática do mal e os reajustes da Lei Divina.
LE – pergs. 752, 754 e 756.
ESE – Cap. V, itens 6 e 7.

"Ana Célia"

ESTIMADO CORAÇÃO.

Após registrar teus enérgicos e insistentes apelos, buscando-nos a intimidade espiritual, eis-nos aqui para trazer-te nossos arrazoados em torno do lamentável ocorrido que batizamos como "Caso Ana Célia".

Trata-se, segundo conclusões a que chegamos, sobre tuas lembranças fraternas, de doloroso acontecimento que vem agitando a opinião pública de uma das cidades anciãs de nosso Brasil: a pequenina Ana Célia, brutalmente subtraída do convívio familiar por mãos cruéis e delinquentes.

Registramos, salvo erro de nossa interpretação, que desejarias um parecer do Plano Espiritual em nome da caridade e da comiseração, não apenas para tranquilizar familiares e afeiçoados da pequena desaparecida, mas, sobretudo, para enfatizar junto à opinião pública, a realidade e eficiência da Doutrina que abraças.

Tudo muito judicioso, partindo de tuas orações sinceras

e de tuas intenções desataviadas de qualquer teste menos feliz às nossas possibilidades espirituais.

Apoiando-nos, assim, na honestidade de teus anseios decidimos endereçar-te esta missiva, pela qual incursionaremos sobre o momentoso assunto.

Deitando-me a considerar sobre o caso em pauta, quando pretendia responder-te em missiva desprentesiosa, debrucei-me confortavelmente nos desvãos de minhas lembranças, arregimentando pensamentos em torno da criminalidade na Terra.

Não nos demoramos, de fato, em estância de paz e de tranquilidade, num éden portentoso, onde a convivência com anjos e arcanjos fosse um prelúdio de intimidade com os Deuses.

Temos, presentemente, compromissos solváveis com o ambiente sombrio do planeta-escola, exigindo-nos resgates e quitações de débitos estabelecidos em existências sucessivas.

Aqui, as maquinações nas sombras forjam crimes tenebrosos que tingem de luto e sangue as manchetes voluptuosas dos jornais preferidos.

Ali, a dor silenciosa dos que sofrem à retaguarda da criminalidade, o saldo horrendo do abandono e da penúria, marginalizados no desconforto entre revoltas e elucubrações odientas.

Acolá, o fantasma da morte em danças mirabolantes nas nuvens pestilentas, que emergem dos campos nauseabundos da guerra.

Bem perto, a sevícia e o engodo.

Adiante, a fraude e a prostituição.

Não te parece realmente execrando os trilhos odientos que os homens traçam na Terra como guerrilhas pertinazes contra a paz e o amor?

Lanço o olhar para trás dos séculos e não me felicito em observações melhores.

Heróis erguidos sobre túmulos, saques e mortandade. Reis governando sobre reinos amortalhados no desespero. Tiranos escravizando infelizes indefesos. Larápios forjando desdita ante a boa fé invigilante Afeições nobres espicaçadas no abandono contumaz. Corações confiantes entrincheirados no espinheiral do desespero e da revolta. Agitações coletivas e desilusões individuais.

Pactos de sombra e ódio por entre as esperanças salvadoras de nosso Criador e Pai.

É neste exato pensamento que mentalizo Jesus entre a multidão grosseira e incrédula não tão diferente da turba que atualmente avoluma as estatísticas mundiais, oficiais, com as insígnias de cristãs.

Ontem, igualmente, crime, suborno, destruição e sofrimento.

O Mestre não se acovardou ante a descrença humana, destacando-se do comum das criaturas com seus exemplos virtuosos e suas abençoadoras lições.

Ressuscitou Lázaro de seu leito de morte e convidou o cego Bartimeu a conviver com a luz.

Exaltou a moralidade adormecida na pecadora e dominou os elementos materiais nos prodígios da multiplicação dos pães e peixes e na orientação aos pescadores desiludidos no insucesso.

Não só isso. Enalteceu as belezas do reino de Deus no Sermão do Monte e reafirmou a imortalidade do espírito na estrada de Emaús.

Impediu que mãos criminosas concluíssem sua trama de apedrejamento e incentivou desordeiros do reino a se submeterem vigilantes às determinações de César, perpetuado na moeda corrente.

Tantas demonstrações da divina presença entre os homens, não foi suficiente para converter os mais próximos. E aqueles mais deslumbrados, transformaram-se, de súbito, na multidão delirante a gritar em apupos: Barrabás! Barrabás!

Quase dois mil anos separam Jesus da sociedade humana que ainda produz as situações dolorosas como o nosso "Caso Ana Célia".

Solicitaste-nos nossa palavra como uma comprovação de nossa vigilante imortalidade junto aos destinos humanos, desejando, com isto, arrebanhar mais corações para a Doutrina Espírita.

Bons os teus propósitos. Contudo, coração, muitos medianeiros se têm entregado às faculdades admiráveis da mediunidade a serviço do bem, sem que o encantamento do fenômeno encontrasse alicerces vigorosos da conversão.

Creia na assertiva de que somente a dor, como buril da razão, é capaz de plasmar no espírito em evolução as facetas luminosas onde se refletirá o brilho da verdade.

A psicometria tem proporcionado prodígios na Inglaterra, exumando desaparecidos e indicando soluções para casos intrincados da criminologia moderna, sem que consiga promover um só vivente ao rol dos divulgadores da nova fé! Correm daqui para ali, enquanto a mediunidade nascente se enverdece de esperança, algumas libras causticantes a impedir adiante a evolução da expectativa verdolenga do amor ao próximo. Apenas isto.

Como entender, coração, a palavra da espiritualidade interferindo na vida humana em favor de vítimas e em detrimento de algozes?

Para todos se abrem as clarinadas do amor, rogando equilíbrio.

A pequena Ana Célia que vem sendo a protagonista lastimada por todos neste drama de desespero e dor é a legenda da angústia, conclamando os homens a se confraternizarem, sob uma única bandeira do "Amai-vos uns aos outros".

Estamos todos dolorosamente contemplativos no exame da flor pequenina e viçosa, prometendo beleza e vida, falando do jardim da afeição doméstica, sem examinar em baixo o lodo em que se ocultam e se alimentam as raízes do passado de culpas e crimes.

Não sei se minhas palavras de agora atendem convenientemente às tuas solicitações de antes, porém, diante do caso "Ana Célia", o importante como nossa parcela de ajuda é a oração. Oração por verdugo e vítima. Oração antes que falação, onde o jogo das palavras em comentários desairosos mostra-se por granizo impiedoso, forjando mais frio e angústia entre os corações em sofrimento. Oração, sim, como as que devemos às mães aflitas, consumindo-se diante do leito onde a fome e a nudez traçam planos de raptar seus filhos das excelências da saúde em tramas de morte. Oração pelas mães que entregam seus filhos à Pátria para que a guerra lhes amortalhe o coração num aceno de saudade. Oração pelas mães, infelicitadas no desespero silencioso e amedrontado, vagando pela casa, na calada noturna, espreitando a prole que se perde pelas madrugadas, deixando-se arrebatar pelos convites voluptuosos das drogas e do sexo delinquente. Preces, muitas preces pelas mães da Terra sofrendo no anonimato da maternidade torturada.

E se paira em tua mente qualquer desencanto ante as escusas com que, possivelmente, nossas palavras não incursionaram por onde desejavas, faço apenas um amável convite: amanhã, quando estiveres ombreando conosco, do lado de cá da fronteira de cinzas, se for para tua experiência e aprendizado, é bem possível sejas convocado aos serviços secretos de um *Sherlock* espiritual, a perambular sem tréguas, pelos desfiladeiros da hediondez humana.

Até lá, nosso aceno com votos de feliz êxito.

Indicações para estudo
Enfoque: Justiça das aflições.
A expiação das faltas do passado.
LE – perg. 399 e nota.
ESE – Cap. V, itens 7 e 9.

UM CASO SÉRIO

DEPOIS DO sono reparador, a jovem senhora despertou confusa.

Que sonho estranho! Uma criancinha estendendo-lhe as mãos... No rosto infantil, traços familiares.

Guardara, ainda, no recôndito do coração, a voz frágil, suplicando amparo:

— Não me abandone, não me abandone Zizinha.

Surpreendida e emocionada entrou a raciocinar:

— Quem seria? Aquele rosto, aquela voz, aquela intimidade na expressão.

Sim, Zizinha era seu apelido de solteira. Adalgisa era seu nome.

A experiência se repetia naquela noite. Não era a primeira vez.

Há duas semanas aquela espécie de sonho-pesadelo atormentava-a.

Que significaria tudo aquilo?

Nos dias sucessivos, consultou psiquiatras e clínicos gerais.

A cada noite, com maiores detalhes, a mesma cena nas lembranças ao despertar.

Impressionada comentou com a vizinha, senhora espírita, que lhe considerou a oportunidade de um filho a mais.

— Que nada! Impossível. Já fiz três cesarianas e meu marido, médico, não me permitiria tal intento. Estou aguardando tempo para fazer ligação das trompas. Nem posso pensar num filho.

Entretanto, os sonhos prosseguiram.

— Zizinha, sou eu, não me abandone, sou eu o Arnaldo, lembre-se, lembre-se, não fuja, dê-me as mãos. Preciso voltar, quero voltar.

Transtornada, a jovem sentou-se na cama, despertando aos gritos.

Doutor Fabrício, o esposo, assustou-se naturalmente.

— Que foi, que foi?!

A mulher, em sobressaltos, entre lágrimas, nervosamente explicou:

— O Arnaldo, o Arnaldo, é ele, é ele. Quer voltar. Meu Deus! Meu Deus!

Arnaldo fora o sócio de seu esposo na Clínica Médica, desencarnado há menos de dois anos.

Moço ainda, jovem nos ideais, porém ambicioso e sem escrúpulos, dedicou-se à indústria dos abortos na calada da noite.

Atendia a grande sociedade na prática criminosa, pensando em enriquecer-se na vida.

Contudo, em atendimento às pressas, um descuido com a luva perfurada, um arranhão inofensivo, a infecção e o tétano se aprestaram em retirar do campo físico o médico de renome.

Agora, mais esclarecida, a jovem senhora minudencia com a vizinha, conselheira.

— Fé em Deus, querida, nada há por acaso.

— E a minha vida? Correrei perigo em nova gravidez. Meu Deus; mas Arnaldo foi um grande amigo. Custei a decidir, nos tempos de Faculdade, se ficaria com ele ou com Travassos, meu esposo. Coitadinho, está sofrendo. Meu Deus, inspira-me.

A palavra conselheiral da matrona cristã lhe fez forte. A fé cresceu. A compreensão do esposo aquiesceu e embora com largo risco de vida, após dez meses dos fenômenos sucedidos, vagidos leves anunciavam o nascimento de mais um nenê no lar.

Hoje, tantos anos depois, encontro a mãe, passada em idade, sobraçando netinhos, filhos de Ronaldo, o afeto antigo de nome bem parecido a Arnaldo, que cresceu sob abençoado esquema educativo. Fez-se médico, herdou a clínica do pai e prossegue na vida bem conceituado e feliz, sob a graça de Deus.

Indicações para estudo
Enfoque: As vidas sucessivas e o
melhoramento do espírito.
LE – pergs: 332, 398 e 398a.
ESE – Cap. IV, item 24.

V
ESPIRITISMO E MEDIUNIDADE

O melhor caminho!...

CONSTA DAS tradições espirituais, que em dias de seu tristonho exílio, quando amargava saudades inenarráveis de sua terra natal, de seus amigos e companheiros diletos, Victor Hugo viu-se procurado, certa manhã, por simpática jovem expressando-se com dignidade e fluência num excelente francês:

— Senhor Hugo – pediu com delicadeza, após recebida com fidalguia e convidada a adentrar singela sala de estar – ouso roubar-lhe alguns instantes de seu precioso tempo, a fim de pedir-lhe orientação tão preciosa quanto significativa para mim.

O simpático ancião, com sorriso paternal e voz pausada, num acolhimento todo fraternidade e paciência, respondeu:

— Pois não, filha, sou todo ouvidos. Conversemos sem cerimônia, como dois bons irmãos.

Acomodando-se melhor na poltrona ampla, após cruzar as pernas com distinção, sob ampla saia de tafetá rosa forte, com adornos de fitas chamalotadas, a gentil senhorita entrou, sem tergiversações, no assunto de seu interesse:

— Estou informada de que o estimado senhor tem-se dedicado a perquirir os mortos, travando contatos muito íntimos com sua filha e outros luminares já domiciliados no Além.

— De fato – anuiu com gesto de cabeça o ancião gentil.

E a jovem prosseguiu: – Já não possuo dúvidas acerca da imortalidade da alma... Eu e minha mãezinha temos trocado impressões a este respeito.

Notando o ar interessado de *Monsieur* Hugo, continuou:

— Durante minha infância, tive em minha adorável vovozinha aquela preceptora dedicada. Comprazia-me em fazer-lhe companhia nos afazeres da idade senil, amparando-lhe as artes manuais no trato com linhas e agulhas.

Deixando rolar ligeira lágrima dos olhos muito brilhantes, prosseguiu em meio a leve suspiro:

— Pois bem, minha vovó veio a falecer, deixando lacuna não preenchível em nossa intimidade doméstica.

Após pausa diminuta, porém expressiva, esclareceu:

— Acontece, *Monsieur,* que há cerca de quatro anos, saindo de minha adolescência, fui acometida de sonhos, visões, que, por fim, não me deixaram, nem à minha mãezinha, qualquer sombra de dúvida: a vovó não havia desaparecido na poeira da morte. Estava viva e assim tão viva desejava comunicar-se conosco. Não houve como impedir tal realidade. Mesmo com os exorcismos do Padre Borjaille, o fantasma carinhoso se fez mais terno e bondoso, mais luz e evidência, trazendo-nos, por fim, vigoroso consolo. Eu e minha mamãe resolvemos tudo ocultar de parentes e vizinhos, pondo um ponto final nas cerimônias e benzeduras desenvolvidas em nossa casa.

Victor Hugo, com leve consentimento de cabeça, acompanhava com atenção a simpática visitante.

— *Monsieur* pode imaginar o que isto representou e ainda representa para nós? Há momentos em que sinto o coração aos saltos de tanta emoção. É minha avozinha, sim! Nos gestos, na fala, nos conceitos, no carinho, nos trejeitos, nos vestuários... Não há como negar... Nem podemos ousar tal coisa. O ensinamento que vimos recebendo tem imensos pontos de contato com o que sabemos estar acontecendo com *Monsieur* Hugo... Assim, aconselhada por carta, por *Mme.* Gerardin, estou aqui procurando seus esclarecedores ensinos, que me conduzam a melhor futuro.

Victor Hugo, com a grandeza de seus conceitos, falou de Deus, da criação, da destinação do homem, da vida, apresentou-lhe alguns jornais parisienses, algumas anotações em torno de assuntos transcendentais na época, que os mais destemidos entusiastas do Espiritismo ousavam divulgar; ensinou sobre a perpetuidade da vida. Abordou, por fim, a mediunidade, falando com seriedade acerca do intercâmbio com os habitantes dos mundos além.

Lembrou a dedicação dos médiuns e falou da mensagem abençoada dos pseudos mortos, ensinando e advertindo a Humanidade porvindoura, acerca do futuro do homem na Terra e no espaço além. Em tempo algum o entusiasmo superou-lhe a ponderação e a concisão de ideias.

A gentil senhorita bebia-lhe os ensinos com interesse e sofreguidão.

Qual se abençoado reencontro de almas irmãs ali se efetivasse, fizeram-se amigos de imediato, vinculados um ao outro por vigorosos laços de simpatia, a perpetuarem nos contatos seguidos, que se dariam daí em diante.

Quase duas horas de diálogo ameno e a jovem, agradecida, observando o horário e para não abusar do tempo junto ao mestre atencioso, propôs retirar-se e às despedidas afetuosas pediu um tanto mais:

— *Monsieur*, reconheço-me na condição de médium.

Qual o melhor a fazer para ser mais útil à minha vozinha, no intercâmbio espiritual e não apenas para a vovó, mas para todos os espíritos que me desejarem usar no intercâmbio da mediunidade? Um conselho a mais, sim, o que fazer de melhor? Com a mesma serenidade no olhar, alisando com a destra a cabeleira basta, quase totalmente encanecida, Victor Hugo, com ênfase a lhe refletir nos olhos miúdos e brilhantes, acentuou:

— *L'etude, ma jeune fille toujour l'etude!*

*

Embora ganhasse com passos delicados a calçada ampla, após descer emocionada os degraus bem feitos da singela mansão, a jovem interessada jamais esqueceu aquele tom paternal a lhe preceituar, na base do seu aprimoramento mediúnico: o estudo, sempre o estudo.

Indicações para estudo
Enfoque: Mediunidade e estudo.
LE – pergs. 934 e 935.
ESE – Cap. XXIV, item 12.

O MÉDIUM PERFEITO

QUANDO BELMIRO de Freitas adentrou o recinto de preces do Templo Espírita, onde servira por alguns anos, a surpresa, mesclada de regozijo, dos companheiros da Casa foi geral.

Contudo, o Freitas apresentava-se meio taciturno e formal, pouco expansivo e recolhido às suas reflexões íntimas, como se estivesse a remoer mentalmente graves problemas.

Cumprimentos ligeiros e abraços breves, uma vez que o início das tarefas já exigia recolhimento e prece dos participantes da noite.

Decorridos alguns minutos da reunião cristã, o mentor espiritual da Instituição faz suave saudação aos presentes, despende conselhos úteis e reserva palavra carinhosa para o irmão Belmiro, que responde com certa entonação de voz embargada pela emoção.

— É... de fato ausentei-me das tarefas... mas não por deserção. É que entrei em conflito mental e concluí não ser médium de fato para as tarefas da Instituição.

— Como assim – aduziu bondoso – o orientador espiritual.

Continuou o visitante:

— Passei a duvidar de mim mesmo, a não aceitar as comunicações e a crise cresceu depressa, transformando-se numa catástrofe de desânimo.

— Sim, filho, continue.

— Bondoso amigo, gostaria de ser melhor informado quanto à mediunidade, a fim de que eu possa voltar ao serviço com maior segurança.

— Estamos às suas ordens, filho, prossiga.

— Pois bem, sempre abracei a tarefa do passe sem perceber onde a ação dos espíritos e onde minha participação.

— Contudo, filho, as instruções doutrinárias são fartas em esclarecer que auxílio eficiente resulta da ação conjunta do medianeiro e do benfeitor espiritual, numa simbiose de forças benéficas, reclamando, apenas, confiança do tarefeiro terrestre, que se entrega à tarefa do amor, sob o influxo da prece ao Senhor.

— Sim, mas não é só isso. Na psicografia, muitas vezes registrei minha consciência trabalhando na composição das páginas elucidativas, enfocando, com meu vocabulário comum, problemas que me vergastavam o clima íntimo.

— Ainda aí, meu filho, nada demais. O médium antes de expender conceitos para terceiros, grafa, sob os influxos do bem, antes de mais nada, esclarecimentos e estímulos ao bem para si próprio. Daí, a recomendação do estudo e do amor como sustentadores da mediunidade em serviço.

— Eu sei, eu sei, mas nas incorporações, sempre pensei que minha fertilidade criadora produzia as encenações que os doutrinadores se exauriam por esclarecer.

— Também aí, filho, nenhuma novidade, porquanto até mesmo nos registros anímicos, se o médium exterioriza dificuldade e inquietação, a palavra doutrinadora será vigoroso auxílio terapêutico, afeição e amparo psíquico ao paciente sob hipnose branda.

— Sim, entendo, mas nos ditados psicofônicos, percebi claramente que os conceitos enumerados nada mais refletiam que o resumo de minhas leituras doutrinárias.

— Mas será sempre assim, estimado Belmiro. O mundo espiritual funciona qual tipógrafo diligente a organizar na mente mediúnica a composição compatível com a caixa de tipos que lhe é oferecida. As letras são suas, mas o arranjo é do tipógrafo.

— Oh, meu Deus!, acho que o estimado benfeitor não me alcançou a problemática interior.

E Belmiro de Freitas intentava alinhavar novas queixas, quando o amigo espiritual, atalhando-lhe os arrazoados desnecessários aduziu:

— Escute, filho, com atenção o que lhe trazemos com carinho. Você deseja ser o médium perfeito para servir à causa do Bem.

— Sim, sim...

— Entretanto, não podemos imaginar os médiuns como robôs humanos, acionados pelos espíritos no intercâmbio com a Terra. Se assim fosse, filho, a inspiração celeste estaria comandando a ciência terrestre a construir máquinas sob controle de computadores e amparo da cibernética, orientando as ligações interplanos. Entretanto, filho, mediunidade é ação conjunta de encarnados e desencarnados, exigindo esforço, atenção, vigilância e operosidade. Para sentir as dificuldades humanas, somente médiuns humanos que busquem pelo interesse e dedicação o conforto celeste. Máquinas são máquinas e mediunidade é amor em ação a serviço do semelhante. Belmiro, Belmiro, não desperdice o tempo em fuga perniciosa. Volte à tarefa junto aos companheiros do coração. Não pode haver médium perfeito se o mundo não exibe, ainda, espécimes humanos perfeitos. E lembre-se, filho, a usina pode ser valiosa e potente, entretanto, não poderá refletir-se em brilho e fulgor além das possibilidades da máquina singela, que lhe recolhe a carga energética.

Enquanto belmiro de Freitas se recolhia meditativo em prece silenciosa, o benfeitor concluiu:

— Nos serviços da mediunidade é valioso o autoexame nas produções de cada hora. Entretanto, é muito mais importante a assiduidade e a eficiência nas realizações do amor.

Indicações para estudo
Enfoque: No exercício da mediunidade.
LE – pergs. 460 e 462.
ESE – Cap. XIX, item 10.

Mas, é inacreditável!

A EXPERIÊNCIA de Justino Gama é digna de registro. Acompanhamos o estimado amigo nas lides espíritas a que se entregava. Afanoso no ideal e em constante movimentação na seara cristã.

Médium disciplinado, desde logo aprendeu o santo mister de entregar-se ao bem, por amor aos semelhantes. Em breve viu-se às voltas com obra florescente, onde cooperavam dedicados companheiros do movimento renovador.

Gama extasiava-se a cada reencontro com novos irmãos, amigos de ontem que a reencarnação lhe trazia de volta ao convívio do coração, na retomada de mais amplas responsabilidades nos domínios da fé.

Justino, de coração inebriado de amor ao próximo, doava-se e doava-se, albergando a cada instante mais companheiros aos serviços da Casa.

Mas a ronda do tempo, em breve, fez de Justino aquele servidor naturalmente sobrecarregado com amplos afazeres, tolhendo-lhe o prazer do devotamento aos encarnados, sem a observação do relógio. Em breve, a satisfação dos papos prolongados foi-se tornando em angústia das horas inutilmente desperdiçadas.

Foi quando os benfeitores espirituais, na guarda da equipe mediúnica, orientaram Justino, numa estratégia suave, para desobrigar-se desses atendimentos, sem furtar-se aos horários destinados ao cumprimento do dever cristão.

Assim orientado, Justino Gama deu-se pressa em comunicar os companheiros de perto, quanto às novas medidas disciplinares. Acompanhei-o nesse propósito. Na intimidade do núcleo de trabalhadores da caridade, Justino pôs-se a conversar com seus irmãos, explicando que, doravante, se algum dos interlocutores da casa ou de fora estivesse a entravar o seu trabalho, já havia combinado com uma companheira do Núcleo, servidora singela da limpeza, para admoestá-lo, carinhosamente, com a mensagem expressiva: *Senhor Justino é hora da entrevista!*

Tudo combinado, e como já se avizinhava o horário da tarefa mediúnica, Justino deixa a palavra franca para solucionar qualquer dúvida.

Anália Silva, a companheira mais falante da equipe, pediu licença para arguir:

— A que vem essa providência? Não seria mais fácil despedir-se e sair?

Justino esclareceu:

— Às vezes, minha irmã, não é tão fácil assim, a conversa se prolonga com aparência de maior importância.

— Ora essa – insistiu Anália –, mas a importância, irmão Justino, quem faz é você! Se num assunto tão claro é preciso gastar mais saliva, interrompe e fala: *dá o pira*. Você acha que todo mundo precisa mesmo de mais atenção?

— Não se trata de mais atenção – replicou Justino –

aqui o que se reivindica é mais tempo para as disciplinas da Casa. A atenção vem para todos, mas as horas necessitam ser distribuídas equanimemente entre os encarnados e os desencarnados.

— Ah, sim! – atalhou a irmã Anália – agora entendo melhor, você quer deixar sobrar mais tempo para os desencarnados e deixar seus irmãos encarnados a ver navios, ora essa! Isso me confunde. Se você está encarnado deve dar-se mais a nós, encarnados, porque dos espíritos Deus tem quem tome conta. Estarei errada em meu juízo? Vamos lá, esclareça!

— Errada você não está, mas a missão mediúnica pede tempo para os desencarnados. São tão poucos os médiuns que perseveram, não é mesmo?... A disciplina do amor manda que reservemos tempo preciso para o atendimento ao Mais Além.

— Sim, sim, eu sei disso muito bem, mas você não acha que poderia prorrogar outras horas, mais tarde, gastando isso que a gente chama de horário nobre, com os encarnados? Afinal, você, também, é nossa voz orientadora.

Justino tímido e enrubescido ante essas últimas palavras, recompunha-se, intimamente, para trazer mais esclarecimentos à irmã Anália e ao grupo, quando Nazira, a servente da Instituição, adentrando o recinto, batendo levemente no pulso esquerdo do médium e pedindo desculpas, interrompeu-os:

— Senhor Justino é hora da entrevista.

Justino meneou a cabeça, num gesto de consentimento, mas Anália solicitou:

— Então, irmão Justino, você fica nos devendo. Além do mais tem aquele caso da criança enferma que precisa de passes e daquele moço que pediu orientação para a mãe.

Nazira, a postos, tornou a interromper:

— Senhor Justino é hora da entrevista.

— *Ih*, menina! Já ouviu – falou forte Anália, mãos nos braços de Justino, prendendo-o a si.

— Agora, Justino, tem mais uma que você precisa saber antes de sair: aquela velhinha assistida mandou-lhe mil agradecimentos e o nosso amigo Veiga pediu-me para marcar o dia de visita à nossa Instituição. Como vê é tanta coisa útil que nem sobra tempo para nossas indagações doutrinárias, não é mesmo?

Neste momento, Nazira aproxima-se mais e repete com voz um pouco mais incisiva:

— Seu Justino, o senhor esqueceu? O horário da entrevista!

Anália, com certa inconveniência, tentou reter o Justino que se levantou para sair.

— Mas que história é essa de entrevista a essa hora, Justino! Entrevista com quem?

— Com Jesus, minha filha. Entrevista com hora marcada com o Senhor Jesus. – E saiu quase de chofre, deixando no ambiente os companheiros do Grupo com olhares bem estranhos na direção da irmã Anália.

Indicações para estudo
Enfoque: Mediunidade e dever.
LE – pergs.: 771 e 771a.
ESE – Cap. XVII, item 7.

APRENDIZADO OPORTUNO

ACOMPANHÁVAMOS COM atenção e interesse a conversa animada entre reduzido grupo de lidadores espiritistas.

A palestra girava com vibrante colorido, em torno do controvertido tema da vida em outros mundos*.

Recordava-se a movimentação dos terrestres nos últimos tempos intentando bisbilhotar a intimidade de seus vizinhos na grandiosa família solar.

Vários países do desenvolvimento terrestre eram enumerados com ênfase e apreço, recordando-se nomes famosos de intrépidos cosmonautas a pesquisar as proximidades do espaço cósmico, onde a Terra prossegue seu matemático bailado em torno do astro diretor, qual se fosse uma primorosa bailarina, esfuziante e vaidosa, exibindo-se precisa em seu ritmo milenar, ante seus companheiros admiradores no infinito cenário universal.

Recordava-se Vênus e as sondas potentes.

---

* Mensagem psicografada em 25.10.1976.

Lembrava-se de Mercúrio, aconchegado mais proximamente ao Sol, como se de uma prole dilatada, fosse um caçula dileto.

E enfatizava-se, com certo ar de desconfiança e receio, as últimas pesquisas das naves *Viking*, enviadas pela NASA, instituição americana do norte, no afã dispendioso de invectivar em torno da sociedade marciana.

O grupo de espíritas examinava recortes dos noticiário, onde alguns dados surgiam antecipando a ciência oficial.

Eram recortes de manchetes trovejantes, que o jornalismo profissional trazia a público na grande corrida dos furos de reportagens.

Referia-se de igual forma aos telejornais, que mobilizam as opiniões da sociedade atual, acariciada pelos avanços da tecnologia eletrônica.

A palavra viva, conquanto quase a meia voz, na antessala do grupo mediúnico, espicaçou-me de fato a curiosidade e o interesse.

Aboletei-me qual intruso que *corujasse*, indebitamente, diálogo entre radioamadores.

De súbito percebi que um dos circunstantes trazia à mão alguns expressivos volumes da bibliografia mediúnica, editados por nobre quão respeitável Instituição Espírita, onde haviam sido grifadas algumas assertivas do plano espiritual acerca da vida em Marte.

Percebi, claramente, a tibiez dos companheiros amedrontados no confronto dos textos. Era a afirmação da mediunidade respeitável contra as informações ainda oficiosas da imprensa leiga.

Deixei-me ficar por momentos analisando a fragilidade das convicções humanas. Meu pensamento correu célere como embarcação do raciocínio nas asas do tempo e quedei-me a recordar, aqui mesmo na Terra os enganos lamentáveis em torno dos raciocínios precipitados.

Pensei na designação de índios aos nossos autóctones, quando os valentes portugueses aportaram no Brasil, julgando ter volteado o mundo e chegado às Índias.

Lembrei-me do célebre navegador espanhol penetrando o ainda inexplorado Amazonas e denominando-o de Mar Dulce, imaginando tratar-se de algum desconhecido acidente de nossa precária geografia de então.

Recordei-me da intrepidez de nossos pais portugueses, alterando o famoso Tratado de Tordesilhas, que delimitava as terras descobertas numa reduzida área para o Brasil nascente.

Vi a sagacidade de nossos exploradores dominando a terra, embrenhando-se no solo agreste que mais lhes evidenciava a imensidão do novo continente, a fim de demarcar em novas posições a forma geográfica do coração do mundo.

Demorei-me pensativo, revendo os grandes pensadores do passado, travando lutas com o insulto e a morte, que o poder da época lhes impunha ao avanço cultural.

A teoria geocêntrica posta de lado. Copérnico, ameaçado da fogueira; Galileu Galilei atormentado ante a perseguição religiosa.

Enquanto revia, na tela das lembranças, imaginava as labaredas inquisitoriais, devorando os lidadores da mediunidade como representantes de bruxos.

Quando dei por mim, o grupo já se havia aquietado na sala íntima, sob amparo espiritual para a tarefa do intercâmbio.

Aprestei-me a tempo de presenciar a seleção do texto para meditação, que as mãos delicadas de companheira do grupo selecionou sob comando direto do benfeitor da Casa.

Foi lida, em voz alta, a referência bíblica do Evangelho segundo o Espiritismo: "...Há muitas moradas na casa de meu Pai; se assim não fosse, já eu vô-lo teria dito...".

Comentou-se a contento a página escolhida, dando-se

após a prece afinizadora das intenções, oportunidade aos enfermos desencarnados.

Muitos deles exibiam total desconhecimento de sua situação atual, revelando que a periferia espiritual do globo ainda não está definitivamente pesquisada pelos encarnados, que ali vão ter, pela desencarnação, num total desgoverno da consciência.

Finda a tarefa do socorro fraterno, benfeitor memorável fez-se ouvir:

— Amigos e irmãos. Anotamos, para nosso interesse, as implicações de caráter íntimo, que as pesquisas científicas vêm impondo às vossas convicções. Lembramo-vos que os fichários científicos ainda se encontram pejados de dúvidas, ante os computadores em seus registros matemáticos. Estamos no alvorecer das pesquisas. Há, por agora, muitas verdades não traduzidas ainda para o grande público, referentes a determinadas indecisões, que partilham a comunidade de cientistas, impedindo conclusões de longo alcance. De mais, ainda, alguns pensamentos recolhidos em nome da revelação espiritual não poderiam lhes invalidar na intimidade emotiva toda a bagagem doutrinária que a Terceira Revelação lhes proporciona a encarnados e desencarnados nas zonas do estudo e da meditação avançada. Espiritismo significa Cristianismo Redivivo, isto é, a lição do Cristo trazida à atualidade da civilização. Julgo que, no momento, vossas destinações, quanto às nossas, será a de reconhecer Jesus, como o roteiro de nossas existências. Um indiferente peixinho de aquário, posto em liberdade na imensidão do mar, por certo não sobreviveria à emoção de tantas surpresas, que lhe seriam desconhecidas no grande seio líquido. Temos, ainda, nossas limitações cerceadas neste ameno aquário terrestre para nos posicionarmos em julgadores dessas ou daquelas assertivas de companheiros nossos, que já experimentaram as viagens mais amplas noutras paragens infinitas, além de nosso recipiente geográfico. Enquanto isto, será justo não nos perdermos em conflitos de raciocínios ilógicos, pois a ciência pesquisa, silenciosamente, na intimidade dos laboratórios. E para julgar nosso passo tão retardado na voragem do tempo, lembramo-vos a milenar inscrição no Templo de Delfos, na Grécia, há quase cinco séculos antes de Jesus: *Conhece-te a ti mesmo*. E hoje, quase dois mil anos após Jesus, temos o conceito da sabedoria helênica, muito atual, por advertência de nossos dias.

Silenciou o benfeitor.

A reunião foi encerrada.

Todos se despediram, entre afagos fraternos. Cada coração levava dentro de si, os registros da palavra espiritual, segundo suas decodificações individuais.

Eu, de minha parte, deixei-me sorvendo o hálito puro da noite, contemplando o brilho das estrelas no céu constelado, parecendo-me ouvir, ainda, a leitura evangélica: "...Há muitas moradas na casa de meu Pai...".

Indicações para estudo
Enfoque: As revelações dos Espíritos e o conhecimento
científico. A vida em outros mundos.
LE – pergs. 55, 58 e 898.
ESE – Cap. III, item 19.

Lições no grupo

FALTAVAM ALGUNS minutos para iniciar a tarefa mediúnica na Instituição Espírita, quando tivemos a atenção voltada para interessante diálogo mantido entre dois velhos conhecidos meus naquelas reuniões semanais. Serpa, o mais velho, ouvia e ponderava com apartes as indagações que choviam da curiosidade insaciada de Antônio Belmiro, de aparência bem mais jovem e saudável.

— Pois é Serpa, ando com sérias dúvidas.

— Sim, sim...

— Imagine que já estou estudando a *Doutrina Kardecista* há oito anos e me vejo embaraçado com certos problemas...

— É, meu caro, eu estudo o Espiritismo há 30 anos e cada dia encontro coisas novas nos livros que releio.

— Deixe de chacota...

— Verdade, meu caro.

— Pois bem, Serpa, tenho um caso de obsessão em minha família, cujo assunto gostaria de levar, ainda hoje, ao exame dos benfeitores espirituais. Acha viável?

— Penso que é louvável a atitude. Esperemos a aquiescência do Alto...

— Você sabe. Eu confio muito no Evangelho que professamos, mas acho que o caso em pauta é obsessão das bravas. Perseguição cruel. Estou pensando em levar meu parente a uma reunião diferente. Você entende... Espírito bravo precisa ser tratado com braveza.

— Mas... mas... – reticenciou Serpa, sem que Belmiro lhe favorecesse o aparte.

— Pois é, meu amigo, o *Kardecismo* trata os espíritos perseguidores com muita maciez. A ajuda vem demorada... Perde-se certo tempo num caso de mais urgência. Há uma reunião, não longe de casa, que me está atraindo a curiosidade. Ouço falar em surras, chicotadas, zanga fechada e parece que, para *enjaular* de fato o obsessor, fazem umas oferendas ligeiras, tudo muito simples, oculto na noite para que ninguém tome conhecimento.

Serpa, que acariciava a própria fronte já aureolada de alguns fios esbranquiçados, evidenciando maturidade e circunspecção, fez pausa proposital mais longa, para esclarecer solícito:

— Você me surpreende, Belmiro. A cada ano que passa venho armazenando mais confiança na Doutrina esclarecedora. Julgo oportuno que você releia todas as obras já palmilhadas nestes seus oito anos de Espiritismo. Onde reside a força maior da vida senão no amor? Não foi esta a grande revelação trazida por Jesus aos homens em sua Boa Nova?

— De fato, de fato...

— Pois bem, entendendo que o amor é fonte da vida, só podemos entender a vida sustentada e garantida no amor. Repara o bando de guris descontraídos que burlam a vigilância do dono, apedrejando o pomar. De certo, gritos, pedradas, polícia e barulho poderão afugentá-los dali, porém os frutos cobiçados, pendentes da galharia farfalhante os atrairá a novo assédio tempos depois. Você não acha que orientação educativa poderá redundar em auxílio efetivo?

— Mas se o bando for cruel, retornando sem piedade?

— Será melhor esperá-los com um cesto de frutas colhidas maduras para que se deliciem com o melhor, abominando o gosto acre dos frutos verdes.

— Sim, mas onde você quer chegar?

— Todo enfermo obsidiado representa o fruto indefeso atraindo atenções do bando. Julgo que o Evangelho em doses regulares e o serviço do passe curador será o remédio eficaz. Você não desconhece que em todos os tempos o homem abraçou convivência com os espíritos desequilibrados, por força de sua sintonia vibratória. Igualmente, ao tempo de Jesus, pontificavam bruxos e feiticeiros, pitonisas e sacerdotes acumpliciados com o mal, fomentando insegurança e crime. Entretanto, Jesus, nosso excelso Mestre, instado a socorrer em Gadara ou em Cafarnaum, em Betsaida ou Jerusalém, endemoninhados de toda sorte, amparou-os com prece e amor, dizendo aos apóstolos que todos seriam capazes de repetir-lhe os feitos, desde que lhe vivessem os ensinos sublimes.

— Sim, sim – gaguejou Belmiro, já meio confundido.

— Pois bem, meu caro, se o Espiritismo é o Paracleto, o Consolador prometido por Jesus, o Cristianismo redivivo, ele tem sob sua responsabilidade tarefa mais séria que afastar devedores e credores do passado, em forma de obsessores e obsidiados do presente. Apartar para aliviar é ação passageira. O importante será orientar, esclarecer para redimir, com vistas à vida futura. Julgo oportuno que você, caro Belmiro, refaça seus conceitos doutrinários. Por ser afoito, Judas traiu Jesus por 30 dinheiros, no intuito de iniciar ali, o Reino de Deus prometido para o futuro. Ajuda eficiente é paulatina para ser duradoura.

— Quer dizer então que tais reuniões não são benéficas aos homens? Por que Deus consente na existência delas?

— Ora, filho, toda expressão religiosa na Terra é olhada com respeito e atenção pelos benfeitores de mais alto. São células de luz nos potenciais da fé que cresce aos poucos. Há benefícios inúmeros espalhados por todo o orbe, em nome de crenças respeitáveis. Entretanto, estabelecer comparações quanto aos resultados efetivos poderá ser ação temerária. Aprenda a confiar mais, buscando estudar a Doutrina. Os livros são diálogos de luz a que podemos recorrer a qualquer hora. E mais, filho, entendendo que qualquer serviço de caridade, em forma de amparo aos enfermos, há de ser brando, paciente, diligente e efetivo, defendemos o ponto de vista de que em assuntos de dívidas e resgates, a luz da compaixão providenciará o justo equilíbrio sustentador.

Belmiro meneava a cabeça pensativo.

Foi então que percebi a presença alvinitente do Mentor Espiritual do Grupo, próximo ao Serpa, inspirando-lhe o verbo:

— Bem irmão, a recomendação de Jesus, incondicional, como lei, é aquela do *amai-vos uns aos outros*, sem violências, nem azedume, nem agressão, nem acicate...

Desliguei-me da dupla encarnada para ouvir a palavra do instrutor, convidando-nos a adentrar o recinto das tarefas.

— Como vê, filho, necessitamos acompanhar os diálogos que antecedem à reunião dos tarefeiros da mediunidade. A desobsessão, como você observou, muitas vezes começa na antessala do Grupo.

Indicações para estudo
Enfoque: Obsessão e Espiritismo.
LE – pergs. 477 e 479.
ESE – Cap.XXI, itens 6 e 7.

dos no Templo Espírita mostrava-se concorrida, quão
MEDIUNIDADE EM AUXÍLIO

PELOS IDOS dos anos quarenta de nosso século, em importante e movimentada metrópole brasileira, sucederam-se os fatos interessantes aqui registrados e que as tradições espirituais destacam como principal personagem, o benfeitor espiritual do Brasil, Adolpho Bezerra de Menezes. Vamos aos fatos.

Em noite morna de verão, a reunião de estudos no Templo Espírita mostrava-se concorrida, quão movimentada.
Frequentadores habituais e novos corações, reverenciando o culto da prece, superlotavam o recinto acolhedor.

No instante em que o benfeitor espiritual, responsável pelos destinos da Instituição, preparava-se para acionar o verbo mediúnico, entretecendo os comentários cristãos do final da noitada cristã, uma dama de gentil aspecto, entremostrando-se nervosa e aflita, interrompeu o amigo espiritual, estabelecendo-se proveitoso diálogo:
— Irmão, permita-me falar-lhe por instantes.

— Sim, sim, filha, foi a resposta paciente que se fez ouvir, enquanto a interlocutora prosseguia.

— Sou novata neste Templo. Esta será talvez a terceira ou quarta reunião da qual participo, porém, julgo que não devo protelar por mais tempo nosso diálogo.

— Continue, filha, exclamou paciente o amigo espiritual.

— Pois bem, como dizia, sou novata na Casa, porém não posso dispensar a ajuda de que sou merecedora – e continuou – tenho em mãos uma receita que me foi dada no Grupo Espírita do bairro onde residia anteriormente e desejo saber até onde devo ou não aceitar como verdadeira a atuação mediúnica da Casa onde me filiei noutros tempos.

E sem dar tempo para respostas, retirou de bolsa vistosa em pelica bege, uma página dobrada em quatro, contendo alguns caracteres grafados e passou a ler em voz alta:

— Recomendamos à consulente, para que lhe sejam alcançadas todas as graças pedidas, trazer na próxima semana: 7 velas brancas, 7 maços de fósforo, 7 litros de leite cru, 7 metros de tecido branco, 7 agulhas novas, 7 retroses de cores variadas, Cr$7.000,00 (sete mil cruzeiros, moeda corrente na ocasião), 7 pares de meia, 7 litros de álcool do bom. Trazer tudo numa sexta-feira, à noite, para ser levado a ...

E não pôde prosseguir na leitura. Rasgara-se o papel nos tratos manuais, e isto era uma das preocupações da elegante senhora.

Que fazer agora? Como agiria? Naturalmente que como os espíritos deviam entender-se "lá por cima", não seria fácil ao Espírito comunicante, ali, solucionar-lhe a questão?

Não podia perder os benefícios solicitados. Esperava pela promoção do marido que já era o mais graduado chefe de sua repartição. Aguardava, também, que seu filho, que servia no Exército, fosse de imediato reclassificado e com um bom aumento retornasse breve para junto de seu coração.

Pedira, também, pela filha noiva, com data marcada para o casamento e dependendo de umas provas finais, bem difíceis, no estudo. Para ela mesma não pedira nada. Estava muito bem em seu padrão: o do emprego federal. Mas se lembrara da mãezinha aposentada dos Correios e Telégrafos, e pedira um pouco de melhora para os rendimentos do velho pai, um português exímio comerciante que vivia do negócio de representações. E desfilou mais alguns pedidos...

— E agora como seria?

Já providenciara toda a lista requisitada, porém necessitava de orientação para agir. O tempo urgia.

O benfeitor ouvia pacientemente, disseminando segurança e paz na assembleia cristã, que ameaçava de princípio tumultuar-se em reprimendas.

O semblante mediúnico, denotava extrema serenidade, enquanto a senhora prosseguia por mais algum tempo.

— Haverá guerra entre os espíritos, desavença no mundo espiritual? Um espírito não pode auxiliar onde outro iniciou o amparo? Onde a fraternidade proclamada em mensagens tão belas? Ou será que, mesmo entre os espíritos, existiria preconceito e castas, estabelecendo separações, se todos operam em nome de Jesus!

Valendo-se de pausa natural da expositora ofegante, o amigo espiritual interferiu para estupefação geral.

— Pois bem, filha, traga-nos na próxima reunião a bagagem requisitada. Iremos concluir as tarefas que você iniciou em nome da crença. Sairemos juntos, eu, você e nosso medianeiro e, pela intuição, estaremos guiando-lhes os passos para o local escolhido.

E arrematando com prece sentida, o benfeitor encerrou as tarefas da noite, deixando no ar expectativa e apreensões para a semana seguinte.

Os dias se passaram rapidamente para os interessados no problema. Diretores da instituição discutiam a meia voz se era ou não viável a solução apontada. Não seria mais oportuno que a visitante se dirigisse a outra Instituição? Na noite aprazada retorna a dama com sua bagagem vistosa de oferendas. Ante a palavra do amigo espiritual para as tarefas de sempre, exibiu-se feliz, entremostrando amplo sorriso.

— Onde iriam?

Concluída a reunião, o médium, recompondo-se, mas sob o domínio do amigo espiritual, entra na viatura que a visitante lhe exibira como veículo de sua propriedade particular e se dirigem para o final da rua, em perímetro mal iluminado de final de bairro.

— É aqui nesta encruzilhada.

— Sim, sim, – falou obediente o servo da mediunidade, enxergando entre os dois planos o comando espiritual.

E tomando nos braços ele próprio a parte mais pesada da carga preciosa, saiu do carro, estacionado numa das margens, e, acompanhado pela dama, observadora e trêmula, dirigiu-se a um pequeno barraco de aparência humilde, onde uma luz bruxuleante de lamparina exibia as frestas largas por onde o frio das noites úmidas costumava zunir a mensagem do inverno.

— Chegamos!

— Mas aqui, o que temos a fazer aqui?

Já agora, sob o império do benfeitor amigo, a palavra afetuosa se fez prestativa:

— Chegamos, filha, nossos amigos desta casa, necessitam de lume, de alimento e de agasalho e esperam, de há muito, por um coração caridoso que lhes trouxesse alegria do socorro amigo.

Uma senhora humilde e recurvada atende às batidas na

porta tosca e recolhe surpresa o fardo confortador, entre lágrimas de gratidão.

— Louvado seja Deus, louvado seja Jesus! Deus lhes pague, meus filhos.

E antes que a dama se recobrasse do seu espanto e excitação, o amigo espiritual, ali, a sós, caminhando a passos vagarosos sob o manto de estrelas na noite escura, falou:

— Sim, filha, aqui começa a sua tarefa de ajudar. Principiamos com 7, para prosseguir com 70 x 7, de que nos fala Jesus. Compare suas dificuldades com a desta família na tapera solitária. Pedir e rogar auxílio para nós próprios é ação compreensível, contudo, doar em favor dos que necessitam é ação muito mais meritória aos olhos de Deus. Iniciamos, aqui, um serviço valioso de amparo à necessidade. Prossiga doravante, imaginando que, por seus braços, Deus pode atender a outras orações que lhe são dirigidas por corações necessitados.

E antes que a dama estupefata pudesse sair de seu espanto, entraram os dois na viatura elegante que, dirigida quase que maquinalmente, trouxe de volta ao Templo Espírita, o irmão medianeiro para que se ajuntasse aos demais amigos dos serviços cristãos, que o aguardavam curiosos.

Indicações para estudo
Enfoque: Intervenção dos Espíritos em nossa vida.
LE – pergs. 487 e 553.
ESE – Cap. XI, item 11.

Mensagem recebida em 20.05.1974.

O POUSO FORÇADO

RECORDO-ME, COM minúcias, do nosso irmão Benedito Alves da Silva. Espírita desde sua mocidade, herdou dos progenitores a parcela de entusiasmo com que abraçava a causa da Terceira Revelação. Muito cedo entrou a participar de encontros mediúnicos, nos quais o venerável Bezerra de Menezes trazia-lhe orientação e diretriz, muito esperançoso em sua produtividade e êxito nos rumos do futuro.

Páginas, lembretes, avisos, advertências, que nosso Benedito admirava com raro interesse, exibindo aos mais íntimos as mensagens espirituais, à guisa de divisão de bênçãos com os amigos mais achegados.

Certa noite, porém, Benedito procurou o ambiente de preces com algumas rugas na testa a demonstrar-lhe preocupações novas. No instante propício expõe ao benfeitor espiritual o que lhe ia n'alma.

Fora aprovado em concurso para servidor de estabelecimento bancário e, imaginando aumentar mais uns cifrões em sua parcela de auxílio ao próximo, deveria transferir-se para região distante, até que as promoções naturais o trouxessem de novo ao aprisco querido, onde colocara alma e entusiasmo pela Doutrina.

O benfeitor atento, repetiu-lhe, ao fim de alguns conselhos úteis:

— Tenha confiança, filho, estaremos ao seu lado, buscando colaborar em seu favor, segundo as determinações de mais Alto.

Alguns meses após, entre adeuses, lágrimas e carinhos fraternais, busca o irmão Silva seu novo logradouro de atividades bancárias.

Principiou indagando pelo movimento espírita local. Tudo muito singelo e começante ainda, reclamando-lhe bons serviços e dedicação.

Benedito abeirou-se da equipe mediúnica. Observou, sem dificuldades, que o campo muito exigiria de sua cooperação.

A princípio, tudo muito bem, porém, tão logo viu-se tentado às reuniões sociais às quais era convidado por seu posto de chefia, foi permutando os horários no Templo Cristão, pelas *soirées* no clube movimentado.

Por vezes inúmeras, o benfeitor Bezerra de Menezes, tal como lhe afiançara, buscava o vaso mediúnico, ditando-lhe páginas de encorajamento e advertências inadiáveis.

Porém, Benedito mostrando-se cada vez mais arredio, tecia confronto entre as letras espirituais de agora e as de antes, concluindo pela ineficácia mediúnica.

A gramática não se mostrava impecável. O português não se exibia escorreito. As expressões não eram as usuais e familiares a que se habituara de longa data.

Conquanto observasse sempre muito carinho e fraternal advertência, tomava cada lembrete à conta de animismo do médium quase analfabeto. E monologava: – Esse povo quer é me prender a eles para que eu funcione como burro de carga. Meu compromisso é outro. Tenho tarefas sérias a realizar. Estas páginas são de qualquer Bezerra, mas nunca do querido Bezerra de Menezes. De mais a mais, acho que fazer o movimento subir muito alto aqui será perigoso negócio para o futuro. Com minha saída, quem faria as pregações do Centro, a doutrinação dos espíritos, os serviços de secretaria e tesouraria? Bom que continuem como podem.

Um sem número de advertências e conselhos espirituais foram ridicularizados pelo Benedito, que não aguentando, explodiu irado, certa noite, confessando ante todos as mistificações que anotara na equipe da mediunidade.

E ausentou-se da Casa Cristã.

O tempo, contudo, não lhe favoreceu na promoção ensejada. Os anos avançavam, enquanto Silva era visto aqui e ali nas rodas sociais da comunidade crescente.

A família desenvolveu-se, a filha debutou, os filhos menores buscaram escolas fora da localidade, enquanto as têmporas do Benedito tingiam-se de neve na experiência da vida.

Pouco mais de quatro lustros, após, Benedito, enfermando-se gravemente pelo abuso do álcool em noitadas sociais, é reconduzido pela instituição bancária a recuperar-se em sua cidade natal.

Alegrias do retorno. Júbilos do reencontro.

Benedito, apressado, faces afogueadas, espera entre ânsias o momento de reconfortar-se no encontro espiritual da reunião mediúnica, que lhe fora familiar na mocidade.

Tão logo foi possível, o dedicado benfeitor Bezerra de Menezes, assenhoreando-se da médium já bem avançada em idade, principiou comentando, vagarosa e delicadamente:

— E então, meu filho? Como passa?

— Ah, querido amigo...

E o pobre Benedito, emocionado, não pôde suportar a torrente de lágrimas que lhe brotavam do peito arfante.

– Como pode ver, passei por muitos atropelos. Infelizmente, não pude contar com sua valiosa cooperação e descambei para outros caminhos. Entendo, querido amigo, que não havia na cidade o veículo mediúnico preciso para que sua assistência me pudesse chegar sistematicamente.

Um soluço mais forte interrompeu-lhe a palavra.

– Estivemos contigo, meu filho, continuamente, tentando adverti-lo.

– Mas, mas – gaguejou o interlocutor admirado e confuso. – Por ventura aquelas páginas mal alinhavadas partiram de sua ...

– Sim, sim, filho, foram ditadas de meu coração na procura do seu.

– Mas não entendo! O português..., os erros..., a discrepância nas palavras confusas...

– Mas você não lhe alcançou o sentido?

– Sim, sim, mas ...

– Pois é, meu filho, em termos de mediunidade e nos critérios com que devemos analisar o auxílio do mundo espiritual em nosso favor, não nos podemos distanciar da análise pelo coração. Os frutos, meu filho, sempre os frutos! Saiba que nem sempre nos é possível encontrar aqui e alhures o instrumento fácil ao nosso intercâmbio. Contudo, nem por isso deixamos de lado os serviços pretendidos. Comparamos a mediunidade a espécie de campo de pouso onde devemos descer nossos recursos mentais, para a palavra de intercâmbio. Se muitas vezes a pista jaz impedida ou serviços urgentes nos reclamam atendimento presto, fazemos o chamado pouso forçado em nome da caridade.

Surpreendido, Benedito, passando em análise seus escrúpulos abusivos, tentou reerguer o moral enfatizando:

– Compreendo, compreendo, porém agora que estamos

de volta, quem sabe poderei abraçar os serviços pretendidos. Recuperaria a saúde com o auxílio dos benfeitores e ...

— Entendo suas abençoadas aspirações, meu filho, porém guardemos pressa em cuidar de reorganizar-lhe o corpo físico com vistas aos seus trabalhos de amparo à família consanguínea, porque os serviços que pretendes, deixaremos, como convém, para sua próxima encarnação.

Indicações para estudo
Enfoque: O compromisso com a mediunidade.
LE – pergs. 503 e 505.
ESE – Cap. XIX, item 10.

VI
TEMAS DIVERSOS

A PROPÓSITO DA COPA DO MUNDO DE FUTEBOL

AINDA NÃO me dei conta de que sou cidadão universal e continuo vestindo a túnica verde-amarela dos corações mais identificados com o Brasil.

A força do tempo parece arrastar-nos para inúmeras atividades de burilamento espiritual, mas uma espécie de rebeldia interior nos faz ainda pulsar, vibrar, exultar com as coisas do nosso Brasil, pátria amada a que desejamos voltar tão logo novo ciclo de vida no planeta nos determine mais aprendizado na gleba humana.

Assim, pois, com esta ênfase de brasilidade, demandamos a ambiência espiritual das plagas terrestres, onde se desenvolvem competições esportivas internacionais, sob as leis confraternativas do nosso velho *football association*.

Um grande e raro prazer nos defrontarmos com figuras exponenciais dos meios esportivos, já domiciliadas no Mais

Além, vestindo fardões luzidios com insígnias de suas lembranças vivas das últimas experiências terrestres.

A Itália que é nossa conhecida de há muito, as expressões culturais greco-romanas ali existentes, sempre nos motivaram ao estudo mais apurado da belíssima quão inconfundível e insuperável mitologia grega.

Adentrar, pois, os pórticos espirituais nos domínios mais amplos da chamada Copa do Mundo é experimentar sensações específicas, quase inenarráveis. O velho Rimet, inspirado idealizador do evento, longe estava, talvez, de imaginar a sua importância espiritual, quanto à futura confraternização dos povos, que não se circunscreve, somente, entre o ardoroso combate de duas facções de apenas onze elementos, despendendo energias vitais, que somadas umas às outras, farão render erários à paz universal, muito mais que os cifrões vultosos que alimentam materialmente o evento.

Ontem o Coliseu abarrotado de homens dementados no mal, tripudiando sobre vidas humanas com expressões da mais cruel selvageria, onde o menos trágico era a bestialidade de gladiadores mercenários, sem qualquer apego às próprias existências. Hoje, estádios abarrotados de torcedores experimentam o prazer quase infantil de olhares emocionados ante pequenina e frágil esfera de couro, inflada, de aproximados 500 gramas de peso, ora tocada com os pés, ora com a cabeça, conquanto bem mais conduzida com a emoção e a sensibilidade de invejáveis *Adônis* do atletismo moderno, que comparo a ágeis bailarinos sob o ritmo febricitante das torcidas organizadas.

Entrevistar algumas personalidades de meu tempo, nomes que foram manchetes de jornais, é das atividades que mais me gratificam e quase me lisonjeiam.

Entretanto, o que mais me sensibilizou foi a tarefa *sui generis* de que me apresso em divulgar aos irmãos da Terra, com informação singela ao já bem vasto repositório do noticiário do Mais Além.

Refiro-me ao meu encontro jubiloso com o conhecidíssimo Ary Barroso, o torcedor implacável que os das gerações mais antigas conheceram e respeitaram nos tempos idos dos rádios de válvula.

Hodiernamente, as televisões não requerem os ágeis locutores inflamados e animados a irradiarem a magia da partida de futebol. Muitos nem sabiam o que significava aquela continha rudimentar, explodindo em escalas febricitantes no vai e vem do jogo, a excelência de um gol ou de uma vitória.

Pois bem, o que mais me encantou recentemente foi o exato instante em que me antevi numa confortável cabine de sonorização, cujos detalhes nem me arrisco em descrever, tal a complexidade dos equipamentos. O velho Ary a irradiar uma partida de futebol, onde o Brasil se apresentava em campo para a esperada competição. Dava gosto acompanhar-lhe os trejeitos faciais, a emoção, o esmero em fazer-se o mesmo dos tempos de antanho, inigualável, frenético.

Finda as primeiras emoções, depois de registrar ilustres personalidades presentes e percebendo o carinhoso empenho do plano Mais Alto às realizações humanas, concentrei atenção no Ary, como a indagar de mim para comigo: – Por que será que o companheiro não preferiu doar-se a novas atividades, mantendo-se ligado às transmissões esportivas, tão do seu agrado?

Mas a resposta não tardou muito. No intervalo regular da partida, atendendo à gesticulação fraterna, aproximei-me do grande Ary, que mantinha ao seu lado excelentes representantes e jogadores do Brasil, convidados a acompanhar dali as atividades dos humanos, envolvidos na disputada competição.

Findas as palavras elogiosas, encômios do coração, dei-

-me conta de que um aparato especial, semelhante a complexo retransmissor de TV, era acionado dali, transmitindo à distância as imagens do jogo e do irradiador famoso.

Surpreendi-me, é natural. Acostumado às reportagens pelas cidades do Brasil, nem poderia supor o que estava por detrás de tudo aquilo, quando vim a saber que, em telões gigantes instalados em vários postos socorristas, bem próximo de regiões umbralinas, as cenas eram retransmitidas, convocando inúmeros aficionados do velho esporte, conquanto jogando hoje no time de terríveis obsessores, a aproximarem-se e emocionarem-se com expectativas de retornar ao mundo, para imiscuir-se nos arraiais esportivos.

Surpreendi-me mais ainda.

Com que então era o futebol ali utilizado como recurso salvacionista, trazendo novas vias de transformação a espíritos endurecidos, incapazes de registrar preleções evangélicas as mais respeitáveis.

E o Ary foi complementando entre outras falas:

— É, meu caro, de quatro em quatro anos candidato-me a tarefas desse jaez. Faço isto com grande prazer. Ajudo como posso. Se continuar merecendo o posto, prosseguirei, até que a vida me convoque a novas tarefas na crosta.

Quase pasmo, fiz um gesto com a cabeça, entregando-me a refletir que, enquanto muitas criaturas atoleimadas fazem-se jogadores ou torcida com desequilibrada presença, distorcendo em agressões descabidas, o que deveria ser agradável esporte e lazer, é o futebol associativo, utilizado pelo mais Alto, como polo de atração e convocação estimulante, para que inúmeros obsessores deixem suas presas e principiem daí processos de terapia dos mais variados matizes.

E, como velho torcedor do meu Brasil sem fronteiras, pude apenas balbuciar:

— Vai lá futebol, deixa a bolinha rolar até que os homens

compreendam a insignificância de nossa *Terrinha*, morada tão especial para nós no incomensurável Universo de Deus. Bom será quando brilhar mais forte o brasão da paz daquela esfera solta entre 22 homens, e o verde de esperança conquistar definitivamente os homens no mundo para a reconstrução da fraternidade e da união entre os povos!

Indicações para estudo
Temática: Das ocupações dos Espíritos, na erraticidade.
LE – pergs. 568 e 569.
ESE – Cap. XX, item 3.

PROVIDÊNCIA NAS SOMBRAS

A REUNIÃO sombria num departamento discreto das zonas umbralinas prosseguia com interesse geral. Diversos mentores do mal aboletavam-se com voz e participação no debate vigoroso, apresentando depoimentos e sugestões para estratégias futuras. O assunto em pauta era a destruição do Movimento Espírita, desviando-o de sua rota providencial.

Um sisudo preceptor do mal afirmava de dedo em riste:

— Ouçam todos. Precisamos desprestigiar a Doutrina Espírita, uma vez que nos é impossível bani-la para sempre da face do planeta.

Os aplausos veementes cortaram-lhe a palavra, que prosseguia:

— Há perto de dois mil anos, nós e nossos antepassados, estamos empenhados em dificultar o engastamento das Leis do Cordeiro no mundo. E agora, mais que nunca, precisamos abater o Movimento Espírita, enquanto o tempo nos favorece a ação.

Aplausos vigorosos que acendiam no olhar em brasa a *fácies* monstruosa do ódio declarado.

— Nada de complacência. Arrancar a planta nova enquanto a raiz não se entranhou forte no terreno. Depois de crescido, o vegetal se faz empecilho difícil, reclamando-nos mais esforço.

— Abaixo o Espiritismo! Abaixo o Espiritismo! – Gritaram em algazarra os componentes da estranha assembleia do mal.

— Mas – perguntou desgrenhada figura no final do recinto –, que fazer de especial? De há muito nos reunimos para planejar ataques e desencadear campanhas difamatórias. Mas o que vemos? Os devotos do Cordeiro, incursionando no Espiritismo, cambaleiam, caem, estrebuchando de dor para logo após seguirem mais fortalecidos no ardor do ideal.

— Não estaremos agindo em faixas erradas? – perguntou um rouquenho interessado na causa.

Findo algum tempo de burburinho, vozerio, altercação, cólera e expressões de demência e declaradas demonstrações odientas, o líder do bando, assumindo o comando natural do grupo, pediu atenção e repetiu:

— Atacaremos a Doutrina Espírita, destruindo o Movimento Espírita. A Doutrina pode ser pensamento do Alto, mas o movimento é trabalho dos homens, que podemos influenciar e dirigir.

— Mas como? Como? – indagaram todos a uma só voz.

— Mestre – falou forte um tresloucado partícipe das trevas – que fazer? Ensina-nos para agirmos logo!

— O plano já está definido. Ouçam bem, ponderou o líder, atacaremos desta vez a ala jovem. Sem a presença dos moços nas fileiras espíritas, não haverá substitutos para o futuro do Movimento. Deixemos os velhos com as ideias arraigadas pelas leituras continuadas, mas vamos agir nos moços. Primeiro inspiraremos aos pais espíritas aquela noção de liberdade total, deixando a prole livre para decidir na maioridade seus caminhos de fé. Vamos sugerir-lhes não conduzir a prole à evangelização espírita, às reuniões especiais de moços. Naturalmente que, sem um preparo de base, o moço não irá improvisar na maioridade convicção de fé a que não se vinculou na infância. Abateremos dois coelhos numa cajadada só: os pais, sentinelas em bancarrota, chegarão falidos em nosso plano, fazendo nossas presas fáceis, e os moços, ah! esses estarão desde a infância fazendo contato conosco, convivendo conosco, em festinhas, grupinhos, enfim, passeios escusos, balneários da fantasia, perdidos com a acomodação da moda que desnuda a concupiscência, facilitando a sexualidade. Ah! Ah! Ah! – gargalhou estentórico e prosseguiu: – Vai ser difícil ao moço depois de acumpliciado conosco abraçar o ambiente espírita, porque os próprios espíritas irão deplorá-los como filhos desgarrados dos progenitores tão dedicados. Aí contaremos com a aversão dos próprios adultos, acusando os moços de dementados.

— Ação! Ação! – clamaram todos.

— Sim, forças congregadas na ação obsessiva, principiemos desde logo a marcha para a vitória de nosso desiderato.

— E os livros, e os livros espíritas, esses alertamentos vivos, que não podemos destruir? – falou inexperiente figura das sombras.

— Ora! Ora! Os livros não nos causam problemas. Estamos falando do Movimento Espírita em terras brasileiras! Ah! Ah! Vamos continuar estimulando os espíritas a entulhar prateleiras e esquecer os livros ali. Enquanto os espíritas adquirem os livros para esquecê-los sem leitura, outros não os compram. E os moços... Ah! Esses, longe dos livros, vão para a vida fácil. E sabe que mais? Nada de conversa desnecessária. O tempo urge e pede ação, ação!

E a assembleia dissolveu-se em estranho alarido, caminhando em bandos na direção da Terra, vestida, ainda, com o manto de sombras da noite estrelada.

Indicações para estudo.

Enfoque: O Movimento Espírita e o ataque das sombras.

LE – pergs. 798 a 800.

ESE – Cap. XX, item 4.

A QUERMESSE

HÁ PRECISAMENTE um ano atrás, nesta mesma data, fomos convidados por instrutor, de elevadas conquistas espirituais, a excursionar em evidente estágio de observação e aprendizagem.

Na véspera havíamos trocado pontos de vista em torno das conquistas religiosas já alcançadas por nossos irmãos da crosta, quando o amigo pacientemente, como quem deseja interromper a série de arrazoados teóricos para situar-se no exame prático do assunto em pauta, estabeleceu conosco planos de excursão pelos cenários da Terra, quando haveríamos de registrar oportuno aprendizado.

No instante aprazado lá estávamos os dois, a atravessar singela cidade do interior brasileiro, com as características evidentes do legítimo lugarejo, estacionário no progresso e no avanço da civilização.

A cidadezinha apresentava ar festivo. Bandeirolas coloridas, recortadas em papel de seda, predominavam na ornamentação geral, muito popular nestas ocasiões comemorativas.

Não foi difícil reconhecer que o festejado e querido Santo negro, da canonização apostólico-romana, era lembrado carinhosamente pela quase totalidade dos moradores locais. A figura popularíssima de S. Benedito estava representada de várias formas, por todos os recantos da pequena cidade, evidenciando a devoção popular com que o venerável representante do catolicismo romano é querido e exaltado no coração de grande número de brasileiros.

Em poucos minutos visitamos vários pontos do povoado, registrando ângulos curiosos para nosso estudo.

Conduzidos pelo abnegado instrutor, adentramos singelo recinto da sacristia da igreja, com todas as características sobejamente conhecidas de todos nós, os inveterados e irresponsáveis "papa-hóstias" do passado.

Quatro senhoras, de meia idade, exibiam-se em azáfama irrefreável, cuidando da organização da quermesse, para a noitinha, após a procissão comemorativa.

A princípio, quedei-me intrusamente bisbilhoteiro, pondo os ouvidos, por inteiro, na conversação desenvolvida por todas as quatro amigas.

Quando dei por conta de minha distração já estava bem a par da vida íntima da diminuta sociedade local, absorvendo intrigas de cá e de lá, saboreando, ao meu jeito, muitos resmungos, que as operárias da igreja deixavam escapar.

Namoros, casamentos, necrológios, dramas familiares foram mobilizados pelas línguas tagarelas, enquanto as mãos diligentes esmeravam-se em selecionar brindes e ofertas para as festas noturnas no átrio da igreja.

Em dado instante, alertado pelo benfeitor amigo, desliguei o pensamento das intrigas sociais e caí em cheio a observá-las na seleção dos brindes.

Foi aí que alcancei melhor os arranjos das quatro beatas.

— Esta toalha está uma beleza para a filha da Lucy!...

REPORTAGENS DA VIDA | 191

Vamos colocar aqui o bilhete rosa premiado e avisá-la para comprá-lo no momento certo.

— E este quadro da Santa Ceia! Lindíssimo! Melhor reservá-lo para o sorteio da meia-noite, dando um jeitinho para que saia como prêmio para o Alfredo, em véspera de casamento. Meu sobrinho vai adorar...

E assim, em poucas horas, tudo arrumadinho e as arapucas da sorte já selecionaram os melhores brindes para os afeiçoados das quatro operárias da quermesse.

E o povo que viria consagrar as festividades? Seria ludibriado? Sugeri em pensamento a indagação a uma delas.

— Não, nada disso. O povo viria trazer donativos para a igreja e nem se importaria de ganhar ou não os melhores prêmios. Tudo é festa – repetia a mais velha – tudo é festa, e a paróquia precisa de fundos para concluir as obras da torre do sineiro.

Sinceramente, permaneci pensativo e triste naquele ponto do santuário de tantas devoções populares.

De fato, os homens prosseguem distanciados do verdadeiro sentido do amor ao próximo. As preferências, as bajulações, as "panelinhas afetivas", espicaçando interesses do próximo, mesmo no interior de Igreja, quando se festeja a devoção ao Santo de tão digna canonização e beatitude.

Uma quase imperceptível indignação invadiu-me o clima íntimo, quando fomos convocados a deixar o recinto, em prosseguimento da excursão de aprendizado, encetada horas atrás.

Demandamos cidade próxima, entabulando durante o percurso conversação franca e leal.

— Estimado instrutor – aventei em dado instante. – Conquanto não me veja integrado dentre os verdadeiros discípulos de Kardec, sou forçado a admitir que nossos irmãos católicos romanos ainda não adentraram o conjunto de esclarecimentos espirituais que facultam a maioridade do entendimento e da experiência humana. O procedimento das beatas chocou-me por certo. Não imaginava encontrar tais "arranjos" nos redutos da fé e das homenagens aos apóstolos do amor ao próximo.

E enveredei-me por aí, entre queixas e decepções, quando adentramos novo recinto de atividades religiosas em favor da fé !

A princípio julguei tratar-se de uma sala de leilões, muito em moda no século passado, mas aos poucos percebi que era uma feira de caridade.

As companheiras religiosas entregavam-se, do mesmo modo, aos cuidados e esmeros na apresentação dos produtos no mercado público.

Observei alguns excelentes exemplares do artesanato feminino e dispunha-me a sair quando percebi, num gesto de cabeça do benfeitor e guia, que me pusesse à escuta da conversa no recinto, pois que me desligara conscientemente de saber mais do disse-que-disse da carolice ingênua de meu povo brasileiro. Não registrei outros fatos senão os mesmos arranjos "fraternos" na seleção das melhores ofertas para os corações preferidos.

— Este será para fulano, diminuiremos o valor da oferta. Este outro reservaremos para Beltrano, deixaremos mais baratinho – e por aí se desencadearam os arrazoados afetivos.

Não suportando mais as atitudes não muito louváveis dos operários da caridade, propus deixássemos o recinto que se me tornava de angustiante observação.

Por que, aventei, a Igreja se descuida tanto de suas colaboradoras; os sacerdotes deveriam prelecionar com mais ênfase sobre o amor que devemos uns aos outros. Ensinaria a repudiar a vaidade que antecede à cobiça, e evitaria a cobiça que é porta fácil ao orgulho, estas chagas terríveis que a humanidade ainda arrosta consigo, como cruz secular de suas experiências dolorosas.

Foi então que não escondi meu louvor ao Espiritismo.

— Bendita seja a Doutrina de Kardec, que admoesta e responsabiliza sem reservas os caminheiros da Terra, falando com seriedade no "a cada um segundo suas obras" e estabelecendo em base do amor a lei de Justiça de deveres e responsabilidades.

Sequei os lábios num cascatear ardoroso de conjecturas, louvando a presença missionária do Espiritismo na Terra, quando o estimado amigo, valendo-se de minha pausa natural, complementou:

— Você de fato poderá catalogar muitos benefícios da Doutrina para os homens, contudo, não será capaz de enumerar os benefícios que os homens fixam a favor de si mesmos. O coração e o cérebro têm sido muito amparados pela Celeste Providência, entretanto, quase sempre o cérebro se faz tirano sobre o coração. A sabedoria e o amor ainda não caminham juntos, mesmo nos arraiais da Doutrina Espírita. Há muita gente cheia de conhecimento a lhe ilustrar raciocínios brilhantes, mas que, de imediato, deixam o coração desguarnecido ao assédio das sombras. Você diz bem quando lembra a Doutrina como esperança de Deus no seio dos homens, mas não podemos prever, por ora, o que os homens poderão fazer da Doutrina. Cabeça cheia, meu caro, nem sempre revela coração enobrecido.

E quando preparava para replicar, no meu entusiasmo de perseverante estudioso de Kardec, o benfeitor fez-me olhar com maior atenção para uma das paredes da feira caridosa. Lá estava, entre frase de fé, a efígie de Kardec. Assustei-me.

— Com que então – perguntei – não se trata de mais uma quermesse que o velho pintor *Renier* eternizou com seu pincel mágico?

— Absolutamente, meu caro, estamos exatamente visitando um bazar espiritista.

Indicações para estudo.
Enfoque: O conhecimento espírita e a reforma íntima.
LE – perg. 800.
ESE – Cap. XVII, item 4.

A VAQUINHA DO SANTO

COMENTÁVAMOS NA antessala singela, os liames vigorosos que a Lei da Reencarnação a todos submete, quando um aviso breve convocou-nos a adentrar o recinto da esperada reunião.

Tratava-se de encontro a portas fechadas, como diríamos na Terra, muito importante, para apreciar, junto a benfeitores especializados, o andamento de algumas Instituições Cristãs, a que todos nós, os espíritos presentes, trazíamos, de certa forma, os corações vinculados com grandes esperanças de progresso e crescimento natural.

O amplo e confortável recinto pôde abrigar um sem número de colaboradores, todos com indisfarçável interesse e dedicação à causa do bem.

Examinavam-se os casos um a um, estabelecendo-se estratégias de amparo e sustentação aos encarnados, de modo a burlar, com esmerado planejamento, a perseguição implacável de obsessores terríveis, inimigos contumazes da obra do Bem, sempre intencionados em pôr a perder as mais destacadas esperanças da Vida Maior.

Sob detido exame, várias Instituições Espíritas foram trazidas à baila dos comentários, destacando-se nomes de tarefeiros, uns sob grave ameaça de perder a experiência carnal, outros mais vulneráveis à ação das sombras, outros de resistência heroica em nome do Bem, estabelecendo-se um listão de providências, onde a assessoria do Mundo Espiritual viesse apor mais reforço às realizações dos encarnados, a fim de que esforços de longos anos não viessem a ser interrompidos, com deméritos espirituais para tantos corações.

Em dado instante, ouvimos alguns nomes que nos eram bastante familiares. Companheiros da crosta a que nos afinizamos nas tarefas doutrinárias. Fizemo-nos todo ouvidos. Atenção total e acurada, acompanhamos todos os comentários.

A Instituição que amamos, correndo perigo! Perigo mesmo!

O que seria recomendado de imediato?

Sem que me pudesse policiar, enquanto os quadros de funestas e sub-reptícias perturbações eram comentados, dei tratos à bola em divagação da mente.

Lembrei-me de velha história da *Vaquinha de Santo Antônio*, que ouvimos desde meus tempos de encarnado e registrara na lembrança com todos os detalhes do velho narrador.

Em síntese da síntese, digo aos prezados leitores que se trata de uma família de humildes camponeses que vivia às custas de uma vaquinha mansa, que além do leite, trabalhava o dia todo, ora no arado, ora na olaria, ora na moagem, ora no transporte, poupando os preguiçosos homens do campo de suas tarefas habituais.

A família sempre em dificuldades orava ao Santo protetor, Santo Antônio de Pádua, a que se devotavam confiantes, pedindo ajuda, rogando progresso.

Certa feita, diz a história, o Santo bondoso deu-se pressa em atender-lhes as rogativas piedosas, indo-lhes ao encalço para uma visita de inspeção. Com o que se deparou? Com aquela situação de absoluta vadiagem, onde a exploração do espécime bovino estava patente no quadro desolador do bucólico recanto. Que fez o Santo? Providenciou rápido para que a vaquinha fosse pastoreada por mãos invisíveis, na calada da noite, para bem longe, longe mesmo dali, para campos mais saudáveis, onde viesse a usufruir de repouso merecido em pastagens fartas, distante da exploração costumeira dos desatentos homens do campo.

Ao amanhecer, finalmente, onde a vaquinha? Sumiu misteriosamente. Procuraram, procuraram, deploraram, imprecaram, chorando convulsivamente, e a fome irrompeu-lhes no estômago a imperiosidade do pão.

Para logo, deram-se pressa em trabalhar. Roçar, semear, proteger, cultivar para que o pão abundasse. Ficou aí o auxílio do Santo Espírito para ajudar a família desatenta à união de esforços no trabalho benéfico.

Recordava-me em segundos desta historinha comovente, quando o instrutor Maior sentenciou para aquele caso que me interessava:

— Os companheiros encarnados já foram avisados quanto aos problemas que os envolvem?

— Sim, benfeitor – responderam alguns.

— Têm lastro doutrinário suficiente para medirem suas responsabilidades?

— Acreditamos que sim – balbuciaram todos.

— Estão imbuídos de seus deveres e sabem o quanto de assistência espiritual vêm recebendo do Mais Alto?

— Perfeitamente – falaram em coro a uma só voz.

— Já foram alertados sobre os ataques das sombras por astutos obsessores?

— Por mais de uma vez – ousaram acrescentar emocionados.

— Há médiuns com reconhecido potencial de colaboração e aconselhamento?

— Sim, efetivamente que sim!

— Penso, então – sentenciou o benfeitor –, a fim de que a vigilância e o espírito de solidariedade, com responsabilidade individual para cada integrante do grupo, se alteie, com vistas ao futuro da obra, que poderá sofrer por algum tempo a estagnação e o desencanto, que seja aplicada a estratégia da *Vaquinha do Santo*.

O silêncio calou profundo no ambiente e, com enorme constrangimento, retiramo-nos do recinto, aguardando nova recomendação de trabalho junto à família do coração reencarnada na crosta.

Indicações para estudo.
Enfoque: A Instituição Espírita e o
compromisso com o bem.
LE – perg. 569.
ESE – Cap. XIX, item 9.

FESTA DE ANIVERSÁRIO

O APRENDIZ do Evangelho, matriculado em ambiência instrutiva do agrupamento espírita, ouviu falar de comemorações internas.

O templo completando mais um ano de vida e os cooperadores de perto, entusiasmados, providenciavam os festejos naturais.

Afinal, o coroamento de tantos anos de lutas, a fraternidade reinante, a alegria do esforço, a união de propósitos, a participação desinteressada, a caridade em ação, o estudo socializador, já projetavam excelentes resultados na semeadura do Bem.

Ditosa, pois, a comemoração sincera dos operários da casa.

Conquanto não se julgasse totalmente apto a cooperar, o aprendiz do Evangelho deixou-se emocionar ante o evento, buscando algum trabalho onde pudesse dar de si.

Mobilizou forças, desejando participar de alguma forma, e cooperou com muita obstinação no mutirão de limpeza na intimidade da Instituição. Vassouras, panos, detergentes, escovas, sabões, desinfetantes, óleos para madeiras e fórmicas foram acionados naquele dia.

Findas algumas horas de esforço, o aprendiz do Evangelho, dizendo-se cansado, retirou-se a um canto, deixando os demais companheiros na luta.

Descansou algum tempo, para dormir logo em seguida. Dormiu e sonhou.

Sonhou que lindo Espírito das zonas celestes, benfeitor de muitas luzes, adentrava o ambiente, puxando em carrinho primorosamente ornamentado um bolo comemorativo em forma de coração.

Encantado, o aprendiz do Evangelho aproximou-se do confeito, extasiando-se ante as filigranas de luz, que adornava o primor da culinária, espicaçando-lhe o apetite.

Notando-lhe as intenções, o benfeitor foi exclamando:

— Este bolo comemorativo, filho, é para logo mais. — E percebendo-lhe a euforia ante a luminosidade que nascia da divina guloseima, continuou:

— É um prêmio dos céus para os cooperadores do Evangelho deste núcleo. Aqui estão substanciados muitos méritos irradiantes, que, uma vez ingeridos, se corporificarão em luz nos próprios corações. Vê! É a síntese de muito esforço e trabalho desenvolvido ao longo dos anos. Os irmãos neste templo se doam em nome de Jesus. Não regateiam descanso, trabalham sem feriados, sem recessos. Entregam-se corajosos ao bem, minorando dores e dificuldades alheias. São muitos os que vêm aqui buscar ou pedir, enquanto os poucos tarefeiros, dedicando-se ao serviço, por amor a Jesus, ofertam-se tranquilos e obedientes à Seara do Bem, providenciando auxílio aos semelhantes. Estudam com afinco e persistência para vivenciarem a bondade com denodo e segurança. Para tais servidores o dia não conta apenas as vinte e quatro horas, pois, ainda mesmo nos horários do sono cooperam, como espíritos, nas zonas menos felizes do mundo espiritual.

O aprendiz do Evangelho sorria vitorioso e boquiaberto indagava:

— É mesmo? É mesmo? Os que aqui mourejam vão receber tão grande bênção em forma de pão espiritual?

— Certamente, filho.

O aprendiz passou em revista, na tela mental, setores de trabalho da Instituição que frequentava. Realmente, havia muito serviço por ali e era bem merecida a dádiva divina.

Fora de fato convidado para os estudos evangélicos, mas ainda não tivera tempo para dar assiduidade aos livros.

Pensava em colaborar com as campanhas beneficentes, mas tinha muita vergonha para pedir. – Quem sabe, mais tarde?

Visitação aos pobres era uma coisa boa, mas como se sentia muito cansado para o trabalho na segunda-feira, depois de um domingo de visitas, estava se medicando com vitaminas para um tempo adiante.

Pensava em pregar o Evangelho, mas se sentia muito incipiente. Falar era para os grandes mais experientes.

Rememorou serviços pequenos e tarefas mais vultosas.

Teve a intenção, por algum tempo, de auxiliar na faxina, mas disseram que era coisa para mulher...

Bem, cooperar com dinheiro isso lá era possível, mas quase sempre, quando lhe pediam, não tinha a bolsa disponível, pois os cifrões estavam em casa.

Mas, que a Casa era importante, isso era.

Trabalhar para Jesus e contar tempo num aniversário sublimado, ali, era mesmo um estímulo.

Deus era tão misericordioso...

Mas, pensando assim, notou que o benfeitor organizava lugares para a festa, que prometia muita ordem pelo visto.

Ninguém receberia a fatia do bolo em detrimento dos demais.

A festa seria realmente divina.

E para entrar os convidados, como seria?

O benfeitor percebendo-lhe a curiosidade falou claro:

— Os servidores devotados já possuem, por si mesmos, um traço identificador.

— Como assim?

— As mãos, as mãos, meu filho. Eles aqui comparecem de mãos iluminadas, pela perseverança na luta, sem desânimo ou deserção. Veja, – e apontando ao aprendiz do Evangelho alguns companheiros da Casa, que adentravam o recinto, indicou-lhes as mãos envoltas em luminosidade opalina de brilho singular.

O aprendiz sorriu e acenou para o grupo. Conhecia todos da convivência diária. Que bom! Chegara na frente para a festa grandiosa.

Contudo, o benfeitor segredou-lhe baixinho:

— E você?

O aprendiz do Evangelho consultou a destra. Estava escura. Trouxe a mão bem próximo ao exame dos olhos. Nada, nem um brilhozinho. Examinou a mão esquerda:

— Céus!! Tudo igual.

Desapontado, levou ambas as mãos ao peito e tombou envergonhado.

Despertou em seguida. Que alívio! Ninguém notara seu cochilo, pensou.

Mas o certo é que se levantou ligeiro, tomou da vassoura e pôs-se a trabalhar como quem jamais pensasse em descanso.

Indicações para estudo.

Enfoque: O espírita e o compromisso com as tarefas da Instituição.

LE – pergs. 682 e 683.

ESE – Cap. XXV, itens 3 e 5.

38

DE UM ARQUIVO ESPIRITUAL

A REUNIÃO parecia tumultuada.

Discussões paralelas, pontos de vista exaltados, inquietação, nervosismo, falatório, impropérios...

De súbito, o responsável e dirigente da assembleia de espíritos inferiores, vociferando mais alto que todos e vibrando violento golpe sobre a mesa, conseguiu fazer-se ouvir.

— Basta! Basta! Que nos adiantam argumentações improdutivas?!... Há horas trazemos o assunto principal de nosso encontro entre debates e discussões e não conseguimos nada de aproveitável e verdadeiramente digno de nossa capacidade realizadora. A caravana dos seguidores do Cordeiro aumenta a olhos vistos. Muitos dos que mantínhamos sob nosso guante, desvencilharam-se de nosso jugo. Que temos feito de especial?

A interrogação vibrou no ar, durante segundos, com pausa intencional da palavra liderante.

E prosseguiu o chefe, nas trevas:

— Estejamos a postos. Busquemos soluções... Influência! Subjugação! Comando! Vingança, vingança!

— Chefe!... — obtemperou, valendo-se da interrupção breve, um dos líderes presentes — permita-me observar que nossos esforços não estão se inutilizando. De há muito conservamos acesa a tocha do ódio e da intriga, forjando guerra e tumulto, crime e desespero, lágrima e descrença. Muito facilmente sopramos egoísmo e vaidade, desconfiança e ciúme no seio das coletividades, favorecendo a atuação de nossos leais servidores.

— Contudo, idiota — retomou a palavra o primeiro — não percebes que quanto maior o desastre, mais dilatado o infortúnio, maior o quadro dos que se voltam para o Cordeiro em busca da paz, em procura do reconforto?!...

— Sim, sim — gaguejou tímido o auxiliar diligente — mas não podemos esquecer o número de suicídios que temos conseguido provocar, entre os que se desesperam, a curto prazo.

— Bagatela, ninharia, tenho em mãos gráficos estatísticos reveladores de que o número de suicídios vêm minguando de dia para dia. Confrontando-se os dados dos que retornam da Terra para nossos domínios, com os que se embrenham nas trilhas do nefasto Evangelho, distanciando-se de nossa influência, vemos ser bem dilatado o número destes últimos. Qual a causa fundamental de nossos fracassos atuais?

Acenando medrosamente o braço erguido, no meio da assembleia, alguém pede permissão para falar.

— Fala! Fala! — Diz o líder irritadiço, enquanto entidade encapuzada de negro inicia sua exposição oral.

— Chefe, tenho perambulado bastante pela crosta, bisbilhotando lares, oficinas, templos e a circulação intensa das ruas e facilmente percebo que um mal tremendo se infiltra mansamente nos lares, criando barreiras ao avanço de nossas forças. Nossos leais servidores pouco podem contra o elmo e a armadura que esses cristãos vêm adotando como defensiva arrojada...

— Que ouço?!... Prossiga, prossiga!... De que se trata?
Desejo fatos concretos, dados concisos para contra-atacar.

— Sim, chefe. Os terrestres abraçam novos rumos de fé raciocinada, sem tergiversações, nem dogmas, sintetizados na palavra Espiritismo... Diante da última palavra enunciada, vibraram em uníssono as vozes congregadas no recinto:

— Abaixo o Espiritismo! Abaixo os espíritas!

— Silêncio! Silêncio, verberar, apenas, significa fraquejar diante do inimigo. Planejemos o revide. Nada de gastar o tempo na fraqueza da palavra fácil. Necessitamos ação. Ação rápida e eficaz... Após o silêncio natural, novamente o tumulto dominou o recinto. Sugestões, planos, golpes, destruição em massa, desastres, catástrofes, enfermidades, perseguições sem tréguas, desfilaram nas argumentações veementes.

— Nada disso. Nada disso. Violência exteriorizada forja mártires. E a coroa do martírio prestigia o proselitismo. Não se recordam de como faliram nossos antepassados, mobilizando as maiores extravagâncias no extermínio dos cristãos? E que nos custou isto senão a perpetuação da ideia do carpinteiro de Nazaré para nosso desprestígio e preocupação até o dia de hoje... Planejemos coisa melhor. Algo imperceptível, que não apareça de imediato. Algo semelhante ao cupim, carcomendo por dentro, sem mudança exterior. Findo algum tempo, teremos toda a estrutura deteriorada, incapaz de resistir às nossas investidas declaradas.

— Bravos! Bravos! – Apoiou a massa em vibração de entusiasmo.

— Surge-me, de súbito, um plano infalível. Escutem-me. Entraremos nos lares espíritas pelos telhados... – e gargalhou nervosamente. – Sim, pelos telhados.... a televisão e o rádio serão nossos aliados vigorosos. Isto sem esquecer o cinema.

Movimentaremos anúncios de lascívia, dilataremos lembranças sobre viciações, propagandearemos o fumo e o álcool, ampliaremos os horários dos programas preferidos...

— Mas não entendo, chefe, onde chegaremos, facilitando o prazer e o bem-estar geral?

— Ora, tolo, com estas armas principiaremos desmanchando o equilíbrio de cada um. Não podemos avançar sobre a comunidade espírita de uma só vez. Porém, poderemos surpreender cada um de *per si* , em sua cidadela íntima, destrambelhando-lhe hábitos cristãos de há muito incorporados ao seu cotidiano. Algumas faltas, chegada tarde, os pensamentos postos nas programações preferidas e em favor da supressão das horas de estudo e meditação, em breve providenciaremos a nosso favor as faixas do desânimo e da intriga, da malquerença e da desunião.

— Ótimo! Ótimo! – Clamaram todos a uma só voz.

— Dominando o extermínio pelo desânimo, estaremos dentro em breve desintegrando as forças espiritistas com golpes certeiros nas lideranças oficiais. Médiuns e servidores, presidentes e diretores, auxiliares da assistência social e benfeitores da caridade estarão desvinculados entre si, distanciados da corrente que os congrega.

— Muito bem, prossiga! Prossiga chefe.

— Não companheiros, não há tempo a desperdiçar. Entremos em ação quanto antes. A época nos é propícia. A folia de Momo, agrada igualmente a muitos espiritistas que julgam inofensiva a simples expectação ante os que se nos integram as forças. Descuidados que são, esquecem, nestas épocas, as advertências do próprio Cordeiro, a quem reverenciam, e sintonizam conosco suas atenções e alegrias. Desçamos quanto antes. Mãos à obra!... Para a crosta, para a crosta!

Encerramos, aqui, parte do que anotamos de fita gravada, guardada nos arquivos espirituais e colhida há alguns anos atrás*, ensejando aos que nos lerem hoje suas próprias conclusões.

Indicações para estudo.
Enfoque: Influência do Espiritismo na sociedade.
LE – pergs. 798, 799 e 802.
ESE – Cap. I, item 10.

---

* Mensagem psicografada em 14.02.1972.